獻給二舅

歌詞女孩的寂寞便條

余龍傑

目錄

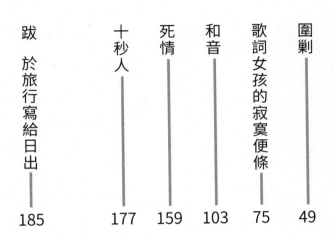

序

錦鹵雲吞

錦鹵雲吞

我和爸爸特別珍惜天倫庭闈。爸爸是夜更的士司機，逢週二休息，在他週三上班前，我如果沒有修大學的課，便可以跟他飲早茶。小時候，我並不喜歡飲茶，走進茶樓的淡黃燈光裏，彷彿就走進刻板的規矩與沉悶當中，但隨着年歲漸長，我開始享受那老舊的淡黃燈光，它似已鑲入成人生活，不管人喜不喜歡，即使不喜歡，我也願意到茶樓點兩籠蝦餃燒賣。

我和爸爸並不多話，但只要一打開話匣子，他便會口若懸河，直至世界末日。我懷疑他有強迫症，硬要別人聽他的偉論方可解心頭之癢。一次姑姐跟我說：「多些跟爸爸說話吧！他在的士裏，沒有人跟他聊天，幾乎全日都不開口，這樣下去，會口臭的。」然而，內向沉靜的我，總是想不到要跟爸爸談什麼。

我和他的溝通從來都是單向的，每當我在碗碗碟碟的碰撞所交織出來的奏鳴曲中墮入遊戲機的世界時，他總會從深黃色的牙與牙之間回憶起煙霧瀰漫的往事，我只「嗯、唔、啊、是嗎、真的嗎」地回應着，說完以後也不知道自己用了哪一個詞，無法避免因重複而生的虛偽。有些話我是記得的，例如他說潛水的感覺，穿起蛙鞋以後，在水中輕輕一撥，便能游得很快很遠，可是他游得太快了，把我遠遠撇在後面，事實上，他沒有教過我游泳，而我也不會，他永遠沒有時間，在家總是睡覺和睡覺。

追溯回憶須要穿上蛙鞋，趕及在忘記它之前抓住它的鱗片。爸爸到茶樓去，總會點一碟錦鹵雲吞，說起爺爺。我從未見過爺爺，只看過他的車頭相，有點兒像二叔。二叔是冷漠嚴厲的大男人，爺爺應該也是。爸爸口中的爺爺，賭錢輸了會反檯，會用扁擔打兒子發洩，喝道：自己讀書少你們做兒子也別想要讀得多。但爸爸愛纏着他，愛在早上五時起床，趕及在爺爺開水果檔前，跟他喝早茶，趕不及起床便會哭，這是否血緣牽繫呢？爺爺愛點錦鹵雲吞，當時的炸雲吞和酸汁是分開上桌的，與現在不同，炸雲吞沒有餡料，只有爽脆的皮，豐富的餡料都浸在酸汁裏，有蝦、有肉——其實該稱之為酸湯。一口雲吞，一口酸湯，是現在嚐不到的滋味。爸爸記住了爺爺的錦鹵雲吞，這種愛大概也是酸的吧！是否源於自私呢？他們那血緣的牽繫，我不能視為理所當然，可能因為現代有防止虐兒的法律吧！

我愛我的父親嗎？他老是說起從前。爸爸應該有「少睡精英」的基因，他跟拿破崙一樣長得矮小，從前的他為了供樓常常要連續工作四十八小時才可休息半天，生活彷彿只為了繼續生活下去。我不是「少睡精英」，做事也不如他勤快，反而常抱怨他沒有時間陪伴家人。為此，每逢他放得一天假，他都會帶我們到新城市廣場吃飯，記得我跟媽媽步行到廣場門口時，總會看見爸爸站在赭紅外牆的霓虹燈下叉着腰等我們，他腕上那十多年歷史的銀錶點綴了當時的歲月。我愛吃比薩，可是家裏節儉，只能到陽光一代去。隔着玻璃窗看比薩師父單手轉動餅底時，時間就此凝住。爸爸和我都愛吃火腿菠蘿比薩，其實不知道是不是因為我喜歡，他才喜歡。現在回想那微酸的味道，倒有點兒像錦鹵雲吞。他又怕我們以為他不好，所以常常買零食和飲料給我們，塞得整個櫃子都是。

又是這樣了，爸爸把點心都塞進我的碗裏，我哪能吃得完呢？爸爸老了。我常問他，為何不減少一點工作量，開少幾天車呢？他說，車租已經付了，為何不物盡其用呢？讀書少得可憐的他，每項事情都算到最盡。香港小，家更小，而我們幾乎每星期只見一次，也不知道誰的寂寞較酸，誰的寂寞較重。只有在他不滿意車主加租而毅然不開車時，我們才能天天見面。正常一家人該習慣每天見面吧！我也覺得這是正常的，但從前一星期見一次更正常。閒時，爸爸走到電腦前找我聊天，問我將來打算，我說，我當然想做作家啦。他說，咄，當作家餬不了口哦。我說，理想，這是我的理想。他說，什麼？從來每個人生活都只以工作為先，以生活為先，以餬口養家為先，什麼理想？都只能靠邊站，理想理想，你想而已，別想得太好。我想，這就是他花了六十多年理解的人生，更換來雲吞似的眼袋。我知道他想當攝影師，想環遊世界，但舊式機械照相機早在木櫃子的深處封塵。

我們還是保持着一定的距離為妙，否則南轅北轍的價值觀只會刺傷對方，流出很酸很酸的血。但正因為嚐過這種酸味，我才能在日後嚐到甜，才能體會到錦鹵雲吞那多姿多采的可貴。現在，我要上班了，已經很久沒有跟爸爸飲過茶，很久都沒嚐過錦鹵雲吞了，想追回淡黃燈光下的日子。我依然騰出星期二晚，在不近不遠的距離中和爸爸有一些微酸的眼神交流，然後各自拖着疲累的身軀倒在床上做各自的夢，追尋生活，並肩實現大家的理想。

二〇一二年五月三十一日

二〇一六年六月刊於《文心》季刊第一期

門孔

門孔

我被獨留在家已不是什麼新鮮的事。父母不在，各種情緒在一個人的房子裏自由飛翔，所有感覺都被無限放大。在稀薄的寧靜中，我愛聽升降機門的開開合合，這種聲音把時間切割成無數等份，數算生命兩極的種種可能。我也愛從門孔窺視外面的世界，常常想像門孔外是一座冰川，一些動物，甚至是一隻眼睛。我總掩藏不了靠近門孔的欲望，可是每一次透過門孔往外看，入目的只是同一片單調而呆板的景象。

那一次是有點奇怪，我也無法解釋事件的始末。升降機的關門聲帶來門外的窸窸窣窣，我好奇地靠近門孔。在門孔中，我看見一個渾身漆黑的人，他的帽子是黑的，衣服是黑的，褲管、皮鞋、皮膚、陰影都是黑的，他以黑黑的笑容彎起黑黑的手，提出黑黑的硬物撩撥鄰居大門黑黑的匙孔，發出黑黑的聲音，這定是個賊人無疑，我記起常識教科書的教訓，遇見這樣的情況不能袖手旁觀，要報警求助。我馬上打電話到警署，要求派兩個警察上來，刻不容緩！這大概花了我五分鐘，放下話筒後我再往門孔外瞧，那黑衣人依然保持本來的姿勢，彷彿時間從未流逝。

我心想大事不妙，這樣下去鄰居的門會被打開的，他們的財產會被一掃而空，我絕不能便宜邪惡的小偷。大概隔着鐵閘，他也不能對我做些什麼，我便打開大門，準備把他嚇走。但他什麼反應也沒有，依舊彎起黑黑的手撩撥鄰居大門黑黑的匙孔。這小偷真是膽大包天，我大喝一聲，他還是沉醉於自己黑黑的世界中，以黑黑的笑容幹他黑黑的活。我怒了，感到被無視了，連喝幾聲，他還是沒有反應，彎起背在挑匙孔。

鄰居的門打開了，鄰居探出頭來，鄰居被眼前這名黑衣人嚇壞了。他定睛一看，問：「伯伯，你在幹什麼？」小偷終於停了下來，他抬起頭，看着鄰居，嚇了一跳，顯得很激動，嘴裏胡言亂語不知在說些什麼。「伯伯，你住哪一層？」鄰居問小偷。小偷沒有反應，只緊挨着牆劇烈地呼吸，背依然是彎起來的。「他看來認錯了門……」鄰居對我說。

「他是一個小偷！」我肯定地說。這時，警察趕來了，問我們發生了什麼事。我指着黑衣人說，他是個小偷，絕對是一個小偷。鄰居以為他只是個認錯家門的伯伯，請警察把他帶回家。警察滿臉不屑，說這點小事……又問是誰報警的呢？我心裏慌了，肯定地說這個黑衣人絕對是個小偷！

「這怎麼可能？他又聾又啞。」鄰居道。

「你不知道，他剛才在撬你家的大門，我從門孔中看到的。」我說。

「他只是認錯家門吧！」鄰居說。

「那他為何這麼慌張呢？他剛才還想在你家門前點火，只是被我發現了，馬上把火柴吞進肚子裏，然後便不能說話了。他剛才還用髒話罵我呢！」

小偷依然挨着牆劇烈地呼吸。

「真的是這樣嗎？」鄰居瞪大眼睛問。

「當然，什麼又聾又啞，全都是裝的，我剛才從門孔看見他自那一家的門口出來，不知他在那一家幹過些什麼！」我斬釘截鐵地說。

「他又老又瘦，有能力當小偷嗎？」鄰居問。

我轉入室內，拿出一把刀說：「你看！剛才他還用這把刀擲向我！」

警察朝對講機不知說了些什麼暗號，然後向我們說：「我們沒理由不相信一個小孩的話。」他們抓住黑衣人的雙手，把他拖出走廊。黑衣人勉力掙扎，胡言亂語，眼睛忽大忽小，四肢不斷扭動，警察把他的手拗至變形，為他戴上銬鐐，然後合力把他抬離現場，鄰居追出去不斷解釋，直至升降機的關門聲把一切送走，世界復歸平靜。

我關上門，又從門孔往外看，依然是一片單調而呆板的景象，什麼也沒有發生。

二〇一四年七月三日上海

二〇一四年九月刊於《字花》第五十一期

足球老將

足球老將

「無得入！」叔叔大喝一聲，大佬便射歪了，足球彷彿被叔叔的叱喝嚇怕，抓緊地面頭也不回地打龍門柱邊滾出白界線，碰到圍欄然後彈起。

叔叔撿起足球，指着我道：「你的技術較好，你來射！」他把球拋給我，球慢慢地一彈一彈，彈到我的腳前，我把球踩在十二碼點，模仿足球明星C朗雙腳叉得很開地站着，叔叔在龍門前認真地緊盯着我，他的雙腳腫得很，自膝蓋一直腫至腿肚，他穿的那雙灰白布鞋彷彿快要被腳掌撐破。腿上好像有些藍色的小毛蟲在稀疏的腳毛下伸懶腰。腳骨好像生歪了，或是被肥重的身軀壓得往外靠。他雙手做好準備隨時飛撲，身體遮住了半個龍門。這個球場的龍門太小了，要把球射進去的確有點難度。

「快放馬過來，你，無得入！」叔叔大喝道。

我咬一咬牙，「好！」起腳一射，僅僅用了一成功力，皮球緊貼地面從叔叔的胯下鑽入龍門。他竟然沒有半點反應。我得意地望着大佬一笑，說：「我有得入啊！」

「你的射球什麼時候變得如此厲害呢？」大佬湊過來問。

「哼！向來都是這般厲害的。你沒留意罷了。」

「不，你真的比以前厲害了。」大佬叉着腰說。

叔叔把球拋過來，球未停定我便起腳射去。

「無得入！」叔叔大喝着然後雙腳一夾，恰恰把來球牢牢夾住。兩隻腳合起來是O形的，但仍恰恰把足球夾住，這個形狀正正是一隻豎起來的眼睛，看得我傻了眼。

「無得入！哈哈！」他得意地大叫大笑大跳。我真的鬥他不過，老人家怎會是這個樣子的呢？這時我才看清楚他的臉，有點像秦煌，細眉細眼的，笑起來眼睛瞇着，活像個笑面佛。只是秦煌比他胖得多，而笑面佛則比他白得多。他穿着的那件灰白汗衫，霉霉爛爛的，緊緊罩着他的肚腩，隨着他的跳躍而晃動。他那條深藍色短褲不知是什麼短褲，像被太陽灼傷了，長滿白斑。這個季節配這身裝束，也不怕冷的。

叔叔把球拋過來，我把那旋轉的球踩定，後退幾步，細細調整射門的角度，瞄準門柱內側的死角，學着叔叔大叫：「我來了！」叔叔也叫道：「無得入！」我的手提電話突然響了。暫且不理它，射了再算。

「喂？大場？好，我過來。」掛電話後，我看見叔叔蹲坐地上。他大概想截住我的射門卻失敗了，一臉沮喪，笑面佛成了苦面佛。他連沮喪的樣子也像極小孩子，撇着嘴。皮球兀自在網窩裏旋轉。當然了，我瞄準死角來射，他一定救不了。只見大佬不屑地說：「嘖，站這麼近射，一定入了。」他依舊叉着他那瘦削的腰。

我走過去伸手扶起他，叔叔也把手遞給我。「嘩！你何解這麼重，哎喲！」我失了平衡，向前一跌。叔叔便拍着手大笑起來。我真搞不清他是真的那麼重，還是有心作弄我。我無奈地笑了。

「不跟你玩了，我的朋友叫我到大場去，這兒的龍門太小了，不好玩。你來不來？」說着我把皮球抱入懷裏準備離開。

「再來！無得入！」他一下子彈起，好像沒聽見我說話。

「我說，我要到大場去，你跟不跟我去？」我特意大聲地說。

「我的腳不好，你看，這麼腫。如果你射死角，我一定救不了。」他說來有點悽愴。我以為他說「我的腳不好，你看，這麼腫，我不去了」，豈料他仍然沒聽見我說什麼。

「我要去大場，你去不？」我不厭其煩地又重複一遍。

大佬瞧見了暗笑。我轉過頭對他說：「收拾東西吧！我們要走了，別忘了把打氣筒帶上，還有你的棉大衣。」

叔叔不理我們自個兒走開了，他的身子雖然離開了球場，但他的影子拉得長長的，仍留在龍門裏。

「早帶上了！」大佬一邊穿起棉大衣一邊提着打氣筒一邊跟着我走。

我回頭望叔叔，他已回到球場旁的涼亭中，那兒還有許多老人家閒坐着。他們看見叔叔回來便指着他不知說了些什麼，我猜他們都是喜歡大叫的豪放派。

※

剛才踢球的地方叫做車公廟。新年的時候總是擠滿人，新年過後卻冷冷清清的，只有那些老人家坐在廟門外的涼亭裏聊天，間或看見一些老婆婆提着一大袋香向路人兜售。我們這幫小伙子會趁假日到這裏的小球場踢球，不過這兒的龍門太小了，總叫人踢得不暢快，而且場邊上坐着的老人家很多，一不小心把球踢出界外，隨時會擊倒好幾副老骨頭，很危險。加上我的朋友都不喜歡射這種小龍門，所以他們都選擇到大球場去。我只有在無聊的時候才會過來踢兩下子，有時會遇着些不曾見過面的人在對面的龍門玩，我就邀他們一起踢。踢完以後，常忘記他們長了個什麼樣子。

可是我永遠不會忘記叔叔的樣子。他也是個無聊人，也是被我邀過來踢球的。我讀小學時已經認識他了。那時的叔叔比現在瘦得多，頭髮還是黑色的，而且還很濃密，他總不穿鞋子，赤着一雙大腳就興沖沖地過來踢球。和現在相同的是他始終穿着那件白色汗衫和那條不知是什麼短褲的短褲，不過那時它比現在的潔淨得多了。

那時，我幾乎每次進入球場都會看見叔叔坐在場邊抽煙，他總是一隻腳平放着，一隻腳半提起的像一座小山峰，夾着煙的手就搭在山峰頂成了一條噴煙的黑龍。他一見我進來便把我懷中的足球搶去放在中場玩遠射，力度比現在的我強得多了。他總不愛說話，我們這班小伙子都有點怕他，可又不好意思不叫他一起踢。

叔叔是踢前鋒的，如果被他起腳射門，守門員可就慘了，準會被他射得捧着肚子叫不出聲。只是他總是在前場等候別人傳球給他，自己並不會主動去搶球，隊友不傳球給他而又丟了球的話，他就會暗裏說句髒話。所以他射門的機會其實很少，起腳時又不是每次都能射中龍門，守門員只是乾害怕而不會真的被射痛。

我總是覺得叔叔在球場上沒什麼作為，大佬聽見了卻說：「我覺得他為我們製造了不少麻煩，他威脅到我們呢！」

可是他的射門始終不能命中目標。

我們總好奇為什麼叔叔如此空閒，他不用上班嗎？一次我大着膽子去問他：「叔叔，你是做什麼工的呢？」

他抽了一口煙，煙尾噴出黃色的光，口中緩緩吐出一團氣，然後把夾着煙的手放下來，煙灰滴到坑渠邊。「量地官。」他的確有點像街頭霸王裏面那個會噴火的印度僧。

「做官的啊！真厲害！」旁邊的人附和着。

他笑了一下，又抽了口煙。我們覺得他十分崇高似的。

「量地官做什麼的呢？」有個小伙子問道。

「唔……很多事要做呢……怎跟你們說……例如……例如數數走一

轉球場要多少步。」這應該是他說過的最長的句子了。

「怪不得你常常到這兒來了。」我道。

旁人哈哈大笑，又有個人道：「數來有什麼用呢？」

「有什麼用？官是最沒用的。你不知道的了。」說着說着，叔叔的煙已燒到了盡頭。

叔叔在球場上有個球技非常了得的拍檔叫做「教主」，他幾乎任何時候都在跑，無論是進入球場還是離開球場。整個世界只有教主會傳球給叔叔。教主傳得妙，叔叔射得差，然後他會自言自語地說：「唉，沒法子，沒穿鞋子。」

我便問他：「為什麼不穿鞋子呢？」

他立刻轉過頭來瞪我：「哪有量地官穿鞋子的呢？」然後又抽一

口煙，煙灰滴在球場上。

我總害怕那些煙灰，滴在地上時仍冒着黃光，像打鐵工磨鐵時爆出的火花，媽媽總叫我別看那些火花，看了會傷眼睛的。「不穿鞋子不怕受傷嗎？」

「量地官的腳皮很厚，不怕！」說完他便緩緩跑開，等教主再傳球給他。

我轉眼去尋那些煙灰。都尋不着了，或許黃光已經褪下，融化為球場一樣的灰白。

球場上還有一些黑色的小斑點，起初我疑心這是死人的記號。人在那兒死了，血就凝固成那些黑斑留在世上。後來我疑心那是叔叔的煙灰所變。再後來我才知道那是口香糖漬。為什麼我知道呢？因為老師曾問我們誰吃過口香糖，我搶着舉手，老師便罵我這種吃口香糖的人沒公德心，吃完以後把糖吐在地上就成了那些黑斑。其實我並沒有吃過口香糖，我只是充的，還以為吃過口香糖便很厲害呢……

叔叔踢球時就喜歡踩在那些黑斑上，彷彿是入球的祈禱儀式。這種步法令我想到球場外的那堆小朋友，他們不知道跳飛機是什麼，卻會跟着遊樂場上的膠墊一格一格地跳。叔叔沒球踢的時候就會像貓頭鷹般呆呆地看着他們。

※

一次，叔叔準備射門時，冷不防身邊有人一撞，把他腳下的球撞走，他右腳一射，踢了空氣，左腳一扭，重重摔在地上，登時斷了。別的人只道這是平常小事，開了龍門球便繼續球賽，過了半晌，見他仍未起來，又連連喊痛，便圍了過來，看見他的左腳扭歪了，紛紛議論道：

「你看，他的腳扭歪了。」

「是啊，那兒凹下去了。」

叔叔想站起來，證明自己沒事，然而左腳痲痺了，不受控制地僵硬，曲不起來，也站不起來。

「你別動啊！」旁人都說。

良久，才有人說：「叫救護車吧！」眾人都你推我讓，紛紛說：

「你打電話吧！」

有人叉着腰緩緩走開，心裏納悶，抱起球來拍了兩下，走到另一個半場去射龍門。

人羣散開了，陽光照在他的臉上，叔叔本來黝黑的臉龐顯得有點白，他閉起雙眼，感受地面的熱力，有點熬不住，便用手枕着頭。我見了這樣，便站在他前面遮住太陽，但自己也受不住熱力，站了一會便放棄。起初，陽光像一隻溫暖的手輕撫他，過了一會，便像腐液一樣，使他感到刺痛，他說皮膚像被撕下來似的。

等了良久，救護車仍不來。有人問那叫救護車的小孩在電話中是怎麼說的。

那小孩說：「我說有人扭傷了。」

旁人都說：「哈！怪不得，你這樣說，救護車不會來的了。」

那小孩說：「但他確是扭傷了嘛。」

大約過了半小時，救護車便來接走他，眾人依舊踢他們的球，好像什麼事都沒發生過，猛烈的陽光照下來，沒有陰影，沒有後遺。

可憐叔叔，最後是我陪着他到醫院。

「韌帶扭斷了，要動手術。」醫生說。

「以後還能踢球嗎？」叔叔問。

※

除了球場外，在其他地方絕不會碰到叔叔的，那一次是例外。我放學回家經過一所銀行，遠遠瞧見馬路對面一個瘦黑的人穿着汗衫短褲叼着煙半跑半走過來，這人不是叔叔是誰。我高舉着手打招呼，他應了我一下，然後跑過馬路。說時遲那時快，一輛車衝了過來，嚇得叔叔的煙灰不住地滴。他整個人像個沒有動力的發條，已經去到盡頭，又如學校小息完結時的鐘聲，同學都如鎖在一幀照片裏動也不動。

幸而那輛車剛好停在叔叔面前，我立即問他：「你沒事嗎？」

他深深地搖了搖頭，然後跑入銀行，好像什麼事都沒發生過。他的跑姿，一拐一拐的，像舞蹈一樣緩急有致。

回家路上，我一直在埋怨自己。如果我不跟他打招呼，他便不會跑過來，不會險些丟了命。

回到家，看見爸爸大剌剌地坐在廳裏抽煙。這個時候他本該在上班的。我很是高興，因為爸爸的早歸意味着晚上我們一家人將會外出吃晚餐。後來我從媽媽口中得知一個當時頗為熱門的詞語：「裁員」，她還叫我努力讀書，叫我別再到球場玩，那兒有很多「隱君子」和「道友」。那時我聽着，覺得君子像個鋼叉，道友像碗甜湯，君子和道友就像叔叔和教主。他們有什麼不好呢？為什麼媽媽總叫我別跟他們玩呢？

※

那已是十幾年前的事了。至今我還不明白為什麼要用儒家和道家的名詞形容吸毒者。爸爸老是提着九七那一役，彷彿九七是他的噩運號碼。

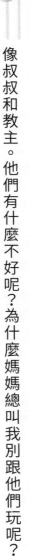

九七之後有個〇三，〇三之後有個〇八，〇八之後我沒有見過叔叔，可能因為他的腳有毛病吧！我只知道他胖了很多。

有次在車公廟旁的行人隧道裏，我遇見教主和一個我不認識的人在一起。那人是個瘋子，他的面孔像個鳥巢，眼睛是鳥蛋，鼻子是小鳥，其他地方都被灰白夾雜的鬍子所蓋。頭上包了個啡色的頭巾，身上穿着軍綠色大衣和霉得有點透明的汗衫，像被漆油噴上些白斑點的墨綠色長褲，腳上穿那種快要進棺材的老人家才用的綠色膠拖鞋。綠色做衣服最方便了，不似白色般易髒，不似黑色般惹塵，媽媽是這樣說的。那瘋子像個剛從火星回來的退役軍官，混身無力而且風塵僕僕，一步一步地走得好慢，好像每走一步都在數什麼，口裏吁吁地噴着氣。

教主傍着他走，很大聲地不知跟他說些什麼。我高舉着手跟他打招呼，他好像認不出我，逕自從我身邊走過。畢竟，我們好久都沒一起踢球了。

我經常都在那條行人隧道裏碰到那個「瘋子」，每次見他，他的鬍子都長了一點。他是不是知道我在什麼時候會來這兒，特意來碰碰我呢？我乾脆跟蹤他，經過城門河畔的工廠區然後來到天橋底下，這種地方正正適合他住。我看見他不住地搓報紙然後往衣裏塞，過不多久一羣人圍了過來不住地毆打他，他的拖鞋還向我這邊飛過來呢！我害怕了，拔腿就跑，背後好像有人喊：「別跑！」我跑得更快了。

過幾天我又在隧道裏見到他和教主一起走，他走得更慢了，一雙枴杖成了他的負累，就像蜈蚣，雖有百足卻比沒有腿的蛇走得慢。他看到我之後，叼在口裏的煙不小心丟了下來，他望着那支煙，原本煙尾還冒出黃色的火光，後來漸漸融成和地板一樣的灰。幾縷薄煙在空中扭着身子在掙扎，像一隻肚子破了的蟲。他用枴杖揉了揉它，又在我身邊走過。他們走過我身邊的一剎那，我被冰住了，那是一塊外表不住在冒水的冰。

又有一次，我在車公廟獨個兒射龍門的時候，皮球碰到龍門柱反彈出來滾到場外撞到一個人的腳上，原來是那個瘋子，他一隻手拄着枴杖，另一隻手拄着傘，鬍子刮得齊齊整整的像個蛋糕。他微一遲疑，然後不理足球，繼續向前走。

我說：「無得入？」我看見他停了一下，他是停了一下才向前走的。

二〇〇八年十一月

二〇一〇年獲徐訏文學獎

收入《y城——徐訏文學獎作品選集》、《四十二張手帖》

原題〈都城野老〉

團劇

圍剿

天空藍得像匕首般刺眼。陽光傾瀉在我們身上，掐住我們的脖子，煮活我們的惰性。呼吸困難的我們呆呆地蹲在足球場西南隅的草叢後，眼前的景物都跳起扭腰舞，那是它們蒸發前的最後掙扎。

黃老師的臉被陽光照得分外雪白，滲出一點一點的汗水，像快要融化的香草冰淇淋。

「唉！好多蚊啊！」黃老師說。

草叢和矮灌木完全遮掩了我們。手中蜂黃色的對講機間或傳來三兩下海潮似的沙沙聲，夾雜一些老師之間的無聊對話，「Roger。錢Sir，收唔收到？Roger。」「喂！你今日買咗乜？」「跑快啲，10號！10號！」樹上夏蟬不住鳴叫。四周的聲音很複雜，但我和黃老師之間的沉默更複雜。我幻想這兒是溫泉或海灘，但矮灌木前的白界線告訴我，這兒是普普通通的足球場。

「唉！要等到幾時？」黃老師說。

黃老師此話何解呢？和我待在一起好悶嗎？想早點離開嗎？看來我

應該模仿其他老師，講些無聊話……

「你睇吓地上黑色一點點，知唔知係乜？」我裝模作樣地說。

「……唔知。」黃老師說。

「係香口膠漬。我細個以為係死人記號，勁驚，好白痴。」我哈哈大笑。

「哦……」黃老師說。

看來我的話實在無聊過分……

※

連空氣都在說：太無聊了！吊扇被冷氣吹到轉動起來，慢慢地，㞢力地，一直在轉。我無意識地向後靠，椅子時而懸空時而踏實的感覺，好似令我返去童年。

「喂！錢睦！」P Sir叫道。

「唔好意思。」我馬上回過神來。

「大家快啲講完快啲散。」P Sir接着說。他的禿頭在我面前反着光。我心裏狐疑：到底是禿頭令他做訓導主任，抑或做訓導主任令他禿頭呢？

「快啲啦！唔好阻住我入馬場。」另一位阿Sir說。

「嗱！應該……」

話說一羣中五男生在放學後會到學校附近的足球場踢球，校長怕他們受傷、影響學業、影響會考，怕他們被黑社會欺負，怕他們在放學後不立時回家會令父母掛心，怕他們影響校譽等等。總之，校長要我們把踢足球的學生全部抓回來。黃老師是精英班5A班班主任，我是5E班班主任，訓導主任P Sir召我們過來商討對策。

我討厭開會。他們口裏說「快啲」，然而拖慢會議進度的正是他們自己……沒錯，他們在開戰略會議，不過並非討論應付學生的策略，而是研究如何在賽馬場上贏得更多。

終於P Sir決定分派老師守住足球場的所有出入口，十面埋伏，然後向內進逼，攻其不備，不容漏網之魚，要一網打盡。會議紀錄這樣寫……

※

嘭！

「大麻成好波！」黃老師說。

回過神來，卻是大麻成射入一球。

「好波？」我附和。

黃老師聽後噗哧一笑，說：「佢係你學生嗰！」

她真的好可愛。我說：「係啊，不過我唔係嚟睇波。我要捉佢。」

黃老師笑得更傻了，說：「哎呀。」臉蛋迅速暈紅起來，像一滴紅墨水落在雪白的宣紙上。

我的語氣太強硬了嗎？我是否很掃興呢？我想說些什麼，但是話語總是塞在喉頭。

黃老師大方地打破悶局：「其實踢波有乜問題呢？」

我沉默了。

係喎，踢波有乜問題？

※

「阿睦你咁水皮㗎？」一副陌生的臉孔說。

「你落咗場五分鐘咋喎！」

「咁苴就唔好踢啦，你一落場，我哋就輸波。」

我摘下眼鏡，癱坐地上，氣喘噓噓……我就坐在球場旁邊吧……其實我好想繼續踢下去……敵隊10號仔又入球了……輸便是輸，與我無關……只要我多跑動，我亦可如10號仔一樣入球！不難……

冷風如刀一樣刮過，我冷得直打顫……我抱起膝，然後用手摩擦雙腿，希望暖和些……身邊隊友都在大聲講黃色笑話，他們圍成一個圈把我撇在外面……我應否把自己包裝成好色小子以求融入他們的圈子呢？我發表意淫版本的寵物小精靈名字：扯旗龜，噴精龍，比卡屌……他們笑了，叫我盡量講，我在他們的中心了，而我不復是我，而我喜歡這種感覺，我是大明星，我是班長，我是老師和同學都喜歡的乖學生，我的成績單上有數之不盡的優點，並沒有缺點。

又一陣冷風刮過……我的靈感逐漸枯竭，無法再講他們愛聽的壞東西，我便大叫了一聲「好凍啊！」他們沒有察覺言外之意，卻說：「上場踢波跑一跑就唔凍啦！」忽然，我隊的後衛扭傷了腳……該輪到我上場了嗎？我只稍微一動，背後的隊友已搶先跳入場中，扭傷的隊友慢慢退到白界線外。

算吧！我還是走吧！

敵隊有人大叫：「喂！你啊！畀阿睦踢啦！佢都無踢過。」竟有人留意到我被冷落了。我說：「算啦，我等下一次。」那人卻跑過來，拉我起身。我想拒絕，竭力使自己坐着，然而不知何故，他好大力，我被他拉起來了……一切都是由他控制呢……

敵隊的人笑了，我也笑了。我走到後衛的位置上。一陣冷風刮過，我冷得起雞皮疙瘩……然而火熱的心暗忖：雖然當後衛，仍要做好本分，待前鋒攻得急了，我一個後上，便能入球。

不消幾番功夫，皮球又落在10號仔腳下……來了，他來了！他的腿就像風中蜻蜓的翅膀迅靈地舞動，我眼花撩亂……我一鼓作氣，狠狠蹬腳攔截……但我竟無法看清楚，10號仔用什麼方法盤球過了我呢！我驚得馬上提氣，我的腳還未着地，已先失了平衡，10號仔用肩膀撞我，眼鏡都被他撞歪了，我快要絆倒……可我不甘心，急用手撐着地，起來，跌跌撞撞地追他。我記得體育老師教過：腳尖觸地，重心向前，步幅要大，腳要快，便能跑得快。我注意好自己每個動作的細節，我像獅子一樣追着他。

但10號仔的紅色背影依舊遙不可及。他的步幅不大，輕輕鬆鬆，又入球了。一陣冷風刮過，我思疑：他步行，仍比我跑步要快……

我癱坐地上，氣喘嘘嘘，這才發覺手掌紅了一大片……那是剛剛擦傷的……眼鏡所見的世界已扭曲變形，讓我發昏，我摘下眼鏡，鏡架彎了，像脆弱的螳螂屍體。

少不了隊友的嘲弄，連剛才幫我的敵隊球員都大笑起來。我喜歡成為中心，但並非這種眾矢之的。我只恨，我還在喘氣，回不了話。

早知如此，我早該走。

※

「係啦！踢波有乜問題？我都經常踢。強身健體又有益，又唔係不良嗜好。」我說。她喜歡會踢球的男人嗎？

「咁不如你同 P Sir 講講啦！」黃老師望着我微笑。

「吓？！」我條件反射下意識附送一枚驚訝表情。然後我立時知道，我被扣印象分了，便補救說：「我試試啦！」

黃老師掏出紙手帕擦汗，她低垂着頭，眼珠兒往上瞧着我。孟子曰：胸中正，眸子瞭。黃老師的眼睛黑白分明，閃閃發亮，討人喜歡。

我拿出手機，撥電話給P Sir。不輟的鈴聲似螞蟻沒完沒了地繞圈子……鈴聲漸變頻密，然後斷線了，我心頭的螞蟻都掉下來撒滿一地。「冇人聽。」我微笑着聳一聳肩，用衣袖輕擦那沾滿汗水的手機螢幕。

黃老師指了指我的對講機。「你要我用佢？」我說。那……不是太好吧……其他老師都會聽見的……黃老師咧着嘴笑，牙齒整齊雪白的她不住點頭，頭髮順着點頭的節奏跳起絲帶舞。

我把對講機放到嘴邊。我的上半身假裝鎮定，下半身卻誠懇地顫抖……蜂黃色的對講機像能隨時施放毒針……對講機接通了。我以最若無其事的語氣述說：「Roger。P Sir……收唔收到？Roger。」

我的雙眼虛怯地緊盯前方……前方其實並無什麼風景，只有些矮灌木。我只想黃老師看着我的側臉……電影裏的英雄都只有側臉。我從眼角偷偷瞟見，黃老師那方向，有一團溫柔的光打在我的側臉之上。

隔了半晌，P Sir才說：「Roger。乜事啊？Roger。」

我豁出去了……不得不如此。我想先說「Roger。P Sir，你光頭好靚仔。Roger。」但我沒有。我說：「Roger。其實踢波冇乜錯，不如放過佢哋啦！Roger。」我故意不疾不徐地吐出每一個字，務求擲地有聲，清脆利落如英雄的拳腳。

又隔了良久，P Sir說：「乜話？」

另一位老師馬上說：「Roger。你玩嘢呀？開會時你又唔講。Over。」

對講機隨即傳來一陣沙沙聲。隔了一會，P Sir冷靜地說：「Roger。唔想捉嘅話，同校長講。我哋等佢哋入波就Action。Over。」

另一位老師跟着說：「我哋玩首名入球，我買大麻成。」

我扔下對講機，使勁抓頭。嘻。

黃老師痴痴地望着球場上的學生，說：「如果你捉到大麻成，你哋以後關係會點？」

此時，樹上的蟬聲，如電鑽……呃……我們的關係……如何呢……

早些天，我們才在這兒一起踢足球呢……

※

「我們在天上的父，願人都尊你的名為聖，願你的國降臨，願你的旨意行在地上，如同行在天上。我們日用的飲食，今日賜給我們。免我們的債，如同我們免了人的債。不叫我們遇見試探，教我們脫離凶惡，因為國度，權柄，榮耀全是你的，直到永遠。阿們。」

冷氣吹動，吊扇緩緩地轉。我讀完主禱文後，同學皆如夢初醒。

「Goodbye class。」

「GOOD~BYE~MR~錢。」

小息鈴聲響起時，我剛好踏進狹仄的教員室。

「喂！今晚仙魔大戰，點睇？」

「紅魔主場，讓兩球都係紅魔WIN啦！」

近門口處，兩位老師正談論今晚的大計。他們指手畫腳，研究報紙波經，擋住了我的路。

「又賭馬？」我問。

他倆抬起頭，先是皺眉，然後微笑道：「錢Sir，你out啦！我哋賭波啊！」然後才緩緩舉起報紙，讓我通過。又說：「單靠教書份糧，點買到樓啊！要有啲方法啦！」另一位老師笑說：「眼光獨到。」

「喂！收埋！」

我回頭一看，不是P Sir是誰！他有氣沒聲地輕說：「快啲收埋。」然後瞄一瞄教員室，說：「校長話查簿，捉啲欠交功課學生去留堂，做咗佢。」說畢便轉身離開，身後的雙手搖着一柄膠尺，像尾巴。上司的說話給大家帶來了壓力。我卻在想：那些騙人的話，值得相信嗎？波係圓嘅，報紙話紅魔贏，紅魔就贏硬咩！

我剛回到座位，大麻成便衝進了教員室。

兩位老師馬上雞手鴨腳地收起報紙，手忙腳亂竟不小心撕掉報紙一角，那片灰白的報紙碎，飄搖落下。那位老師手快，一把抓住，握皺，夾在教科書裏。

大麻成走到我的跟前，我義正辭嚴地說：「成哥，冇睇見門口告示咩？要請示過老師先可以入教員室啊！」

大麻成說：「叫我大麻成，唔該。」

我說：「你食過大麻咩？咁想人叫你大麻成。」

大麻成捋一捋長髮，說：「陣間放學踢波，約實你啦。」

教員室的耶穌像攤開雙手，好想擁抱一切。

※

我癱坐地上，兀自喘氣。大麻成把水樽拋給我，說：「錢Sir，飲啖水先。」

我吸了好大口的水，含在嘴裏，無暇吞下，因為鼻子在瘋狂搶空氣，像特賣場的搶貨師奶。

大麻成撥一撥額前長髮，說：「錢Sir，點會有人好似你咁著窄腳褲踢波喋！」

我終於在呼與吸之間嚥下那口水，垂頭望着起伏不斷的大肚腩……大肚腩，似乎每名男教師都有，P Sir有，我也有……沒法子，坐太久了，所以我來踢球。我抬起頭，閉着眼，渴望自己是個英俊而貧窮的運動員。

「你理得我！」我掙扎着說。

其他同學都笑了，笑我有性格。

「以前我踢波，勁多女睇我英姿，我溝死女啊！」不知何故，我如是說。

「睇唔出……我以為你只係對黃月光有嘢……」大麻成奸笑着說。

「你點……」我好想訓示他，不應叫老師全名，卻又止住……衰仔，竟然知道我喜歡黃老師。

大麻成把頭箍戴在沾滿汗水的頭髮上。旁邊的同學說：「你扮王子？金童？」大麻成隨手把足球擲向他，他靈巧地避開了。

我看着他們，暗想：如果我遲十五年出世，咁幾好。與他們談話，我終於能夠成為中心。

「錢 Sir，你有需要用到小弟，即管開聲。只希望你畀少啲功課。」大麻成說。

「衰仔。」我伸出拳頭，作勢打他。

其他同學起鬨說：「錢 Sir 面紅啊！」

「情人節當日，我已經幫你送咗花畀佢啦。」大麻成奸笑着說。

「吓！真㗎？」怪不得情人節翌日黃老師避開我。

「講笑 only，咁都信。」大麻成猛笑。

笑着笑着，大家都沉默了，忽然，大麻成說：「錢 Sir，我哋每日讀主禱文，每日講 goodbye good morning，好無聊，似唔似以前叫皇帝萬歲萬歲萬萬歲嗰啲口號？」

沒料到大麻成忽然認真起來，竟會問這種問題，年輕人記性太好，話題可以轉得好快……唔……我不覺得是無聊呢……但身為老師，應該給出一個解釋吧……「兩樣唔同。皇帝萬歲萬歲萬萬歲唔係真心，讀主禱文係真心。」說畢，頓覺自己敷衍，浪費了時光。

他馬上說：「真心？我就唔信嗰啲只係識賭嘅呀 Sir 係真心信耶穌，尤其嗰個 P Sir，日日都扮嘢，我最憎人扮嘢。」

原來他都知道。

他說過「最憎人扮嘢」，如果我捉他……

「我們在天上的父。」他竟然背誦主禱文。「願人都尊你的名為姓。其實乜叫尊你的名為姓？」

其實怎樣尊天父的名為聖呢？我也是從來沒有細想過。

「連你都答唔出，唉！救命！我冇刻意背主禱文，但我竟然識背。」

大麻成怒拍大腿說。

※

呼！噹！

蜂黃色的對講機響起：「Action！」

P Sir 率先從東北方衝進球場，東南方、西北方皆有老師出現。

「吓，波都未入。」黃老師着急地說。剛才大麻成的射球中柱，P Sir 誤以為入球，所以馬上行動。

大麻成在球場中心說：「有人生日？」

學生看見許多老師一下子衝進來，都嚇呆了。熟悉的老師忽然化為豺狼，P Sir 把學生按倒在地上，說：「哈哈！束手就擒吧！」

那學生說：「放手！痛啊！」

其他老師都追出來，叫道：「你哋全部企定，唔准走！」

一個一個的同學先後被制伏，更多的同學是越叫越走。他們都朝我這邊跑來。我像遊戲頭目一樣突然出現，說：「走唔甩啦！」

學生大叫：「到底咩事？」一片混亂。

某些學生深知逃不了，乖乖站定，任由老師處置。某些學生跨越觀眾席的欄杆逃出去，但四周都有老師埋伏，他們一定逃不了。大麻成呢？他跑向我這邊，我想攔住他，卻被他一掌推開了，我的眼鏡也跌飛了，我急急用手撐着地，雖然很痛，仍爬起來，我像獅子一樣追捕他，太好了！我一直在追，模糊的大麻成背影漸漸遠去，我一邊跑一邊想念黃老師的說話：踢波有錯嗎？

終於我停下來，彎下腰喘氣。汗水都滴在地上，化成許多個圓，再看看那些香口膠漬，就像棋盤一樣。蟬聲依然聒耳，如電鑽。

二〇〇九年二月

二〇一〇年十月刊於《小說風》第十七期

二〇二三年六月二十三日香港浸會大學改

歌詞女孩的寂寞便條

歌詞女孩的寂寞便條

電氣化火車擦過黃昏的裂縫，遠岸八仙嶺默默送別東流海濤，山下水壩鎖得住船灣淡水，卻鎖不住時間，還把同出一源的水，分割為兩種光景。星和歌詞女孩倚着學校欄杆，透過樓宇之間的峽谷看金光閃閃的風景，數算着剩餘下來可以看海的日子，此刻星和她接近得無法想像將來會分開多遠。

她憑欄而讀，用帶點鄉音的廣州話唸林語堂的〈知識上的鑒賞力〉，預備中文口試。小息那籃球與檸檬茶交織的吵鬧並沒有掩蓋她緊張兮兮的朗語，她發出的聲音有如搖動一樽困着海螺的玻璃瓶，有連接外界的通感。

天空感動了，豆大的水點啪一聲滴在書本上，彷彿在宣示什麼的死亡，剎那間空氣得了奇異的病，蔓生混濁與酸臭。那滴水可真大，邊緣都是白泡，像初生的國家在擴張版圖。天空下雨，就是要宣示對大地的主權嗎？樓上有男生叫道：「下雨了！下雨了！」然而雨只有那麼一滴。星和歌詞女孩抬頭看去，不見人影，可是馬上想到，這樣做其實很危險，萬一那男生再吐一滴唾液下來，洗一萬次臉都不能消除那種臭味，以後將不敢呼吸了。聽那聲音，惡作劇的策劃者正是黃偉強。

黃偉強喜歡歌詞女孩。歌詞女孩並不喜歡黃偉強。歌詞女孩喜歡找星問功課，黃偉強妒忌，便跟星說他喜歡歌詞女孩，這也是宣示主權嗎？星始終是老師，怎麼說都不會搶掉他的愛人吧！星可真不懂少男心事，因為星只比少男年長五歲。黃偉強多次向歌詞女孩示愛，歌詞女孩都拒諸門外。

星問歌詞女孩：「為什麼不喜歡黃偉強呢？他又不醜，是因為他頑皮嗎？」

歌詞女孩說：「不知道。」

星心裏覺得，像歌詞女孩這種女生，有人喜歡的話，應該好好珍惜。但一想及此，慚愧便莫名而起。

歌詞女孩看着那唾液，臉上肌膚都扭曲起來，細紋深邃了，眉心皺得像花生腰一樣，少女霎時變年邁。她的皮膚偏黑，卻細嫩。眼睛很小，在架上眼鏡後更恍如消失掉，教人難以揣摩她的心思，也難以接近，彷彿眼鏡老早折射出一段安全距離。她很瘦，看似迪士尼筆下的花木蘭，渴望無理的稚氣，卻已不安地成熟。星掏出紙手帕，擦去唾液，紙張已經皺了，無法回復原狀，不再清白，上課的鈴聲響了，時間的流逝亦如是。

歌詞女孩原名史代男，是新移民學生。父母起這個名字，希望她能以女兒之身取代男性社會地位，所以自小把她當男孩子看待，買玩具車給她，教她打籃球。但無法除去她的女性情緒。星之所以喚她歌詞女孩，是因為她每每向星討教功課問題的時候，都會留下一張便條，便條上寫的都是一些流行曲的名字，她託星老師列印這些歌詞給她，好讓她一個人在宿舍時，可以看着歌詞，坐在後樓梯唱歌解悶。

歌詞女孩說：「每次我唱歌，空氣都會感動流淚。」

「空氣如何流淚呢？」星問。

歌詞女孩說：「空氣被我的歌聲感動時，會生出許多水珠，四周都會模糊一片，像起霧一樣。」

「那麼，宿舍因電線發霉而停電就是你幹的好事嗎？」星打趣地說。

歌詞女孩說：「嗯！不愧為老師，真聰明。想聽我唱歌嗎？」

「不了，我可不想被霧包圍，我還要改功課。」說着，星揮一揮手，回教員室去。

星眼中的歌詞女孩，活潑外向、樂觀、主動、像陽光、朋友很多。

「以我所知，史代男並非這樣。」一位漂亮的女老師如是說。

「那麼，她是個怎樣的人……」星一邊吃飯一邊說，母親燒的黑椒牛排很可口。

「她嘛！很古怪。你看不見她只會找男老師問功課嗎？」

「說來又是。」

「所以，星老師你要小心點啦！萬一弄出師生戀來就要吃大虧了。」

「那麼……虞老師，史代男是個怎樣的人呢？她看來有許多朋友，一點都不古怪啊！」本來埋首在電腦前的許老師轉過頭來說。「我並不是八卦，只想瞭解一下學生，因材施教。」

星心想，如果對學生產生了固定印象，甚而是負面的，又豈能撇除偏見教好學生呢？

「她沒有朋友，就連看似跟她很要好的花花，其實都沒有兩句。」漂亮的虞老師說。

「真的假的？她們看似是好朋友啊！還一起對付調皮鬼黃偉強。」許老師一邊打字一邊說，鍵盤上飛快的敲打聲令人聯想起賽馬。「不過說起來，學校旅行時，旅遊車上，她們不是坐在一起呢……我還以為史代男喜歡一個人看風景，原來箇中有着原因。」

「是花花親口跟我說，她們有嫌隙。」虞老師添了一點咖啡後說。

「還有啊！她專門找男老師，是因為……」虞老師瞥一瞥門上的小窗，趕緊坐到許老師身邊開了電腦。

「因為什麼？」工作資歷尚淺的星問。門推開了，冬季的陽光隨着籃球進籃的聲音射進來，高跟鞋的音調比深夜救護車的鳴號更寒冷。副校長甫進來便說：「嘩！這兒是教員休息室嗎？我說，應該把這兒的電腦全都搬出去呢！」

「副校午安。」星說。

「許老師，又在工作嗎？不吃午飯了嗎？」副校說。

許老師轉過頭來，說：「哦！習慣了，習慣了。我的功課都批改好了，副校長您可以查簿了。」

「果然是許老師！」副校長往咖啡杯裏添了點熱水後，微笑着離開。

副校進來時，教員休息室彷彿一下子掉進水裏，叫人即使呼吸稍稍不夠端正，都好像要賠上性命似的。副校長走後，房間好像被陽光曬了一千年之久，熱力讓人不得不活潑起來，哪怕這些時間只是偷回來的。

「話說回來，到底因為什麼？」星問道。

「什麼因為什麼？」美麗的虞老師沒有回過頭來，好像只是對着電腦說話。

「我也想知道呢！」許老師說。

「史代男找男老師的原因嗎？她缺乏父愛嘛！」虞老師說。

「哦，我也聽說過史代男從小便沒有了父親的事。」許老師說。

「所以啊！天資聰敏又很受歡迎的星老師，當心當上爸爸了。」虞老師說。

星聽着不禁納罕，面紅起來。一位小個子在門前探頭探腦，不知張望什麼。

虞老師叫道：「史同學，找星老師嗎？」

史代男推開門說：「嗯。」

星出來了，歌詞女孩雙眼一直看着他，像鎖定了目標的地對空炮台。被冬日的陽光照射着，總比躲在密不透風的房間好，星心裏想。

歌詞女孩問：「你可以幫我排練話劇嗎？」

「我還要改功課呢！」星託辭道。

「我問過副校了，她說你要幫我排話劇，功課在放學後改還可以吧！」

「那……好吧……那我先糾正你的發音……你讀一次對白給我聽聽。」星笑着說。

「你聽着了，聽清楚我的發音好不好。『你們知道嗎？人為了生存下去而聚居，希望相濡以沫；又為了生存下去，自然而然地於聚居地中自相殘殺。我們聚居之處，到底是伊甸園，還是修羅場呢？這個問題的出現令我們都寂寞了。』」

「寂寞兩個字都是入聲，很難讀對嗎？聽着了，是寂、寞；寂、寞。」

「嗯，寂、寞。接下去是『寂寞是濃濃的霧，你清楚知道身邊有許多人在和你一起笑，可是霧一來，他們忽然都從世界上消失，你不再笑了，耳裏盡是那些看不見的笑聲。』」

「讀得還不錯。你知道什麼是寂寞嗎？」星問。

「不知道。」

星抓起頭來說：「寂寞就是一個人。」

「我做什麼都是一個人，但我不知道什麼是寂寞。」歌詞女孩說。

「這個嘛，就有點難搞了。嗯，讓我想想。對了，寂寞就是無法不自己取悅自己，像黑暗中的燈蛾無法不飛往光源。」

「就像我躲在後樓梯唱歌給自己聽嗎？」

「也對。」星極不情願地吐出這兩個字。

歌詞女孩從衣袋裏掏出紙和筆，柔柔地寫了一張歌詞便條：

「田馥甄——〈寂寞寂寞就好〉

曹格——〈寂寞先生〉

A-Lin ——〈寂寞不痛〉

G.E.M. ——〈寂寞星球的小玫瑰〉

盧廣仲——〈寂寞考〉

張國榮——〈寂寞夜晚〉

蘇打綠——〈喜歡寂寞〉」

星接過便條，說：「嘩！連張國榮都有，厲害。」

「嘩！這張便條好寂寞啊！」黃偉強探頭過來說，星和歌詞女孩都不知道他何時靠過來了。歌詞女孩用背部吞掉這句不知怎麼應對的話。

星笑了，黃偉強繼續說：「你們想透過這些歌研究寂寞嗎？」如此的猜測不禁令人聯想到他一直在旁偷聽。

「我正在和星老師排練話劇，請你別打擾我們。」歌詞女孩義正辭嚴地說。

「嗯，好的，好的。」黃偉強揮揮兩手，笑着向後退開了。

「你怎麼可以搭理這麼無聊的人呢！」歌詞女孩說。

「我……哈哈。」星萬萬想不到歌詞女孩的反應如此激動。「這些歌詞，放學給你吧！」

「嗯。哎呀，怎麼辦啊，怎樣才叫寂寞呢？」歌詞女孩忽然嬌滴滴起來。

星瞧了瞧歌詞女孩後方，說：「我嘗試解釋一下吧，寂寞就是……」

副校拿着咖啡杯走過來說：「星老師，在排練話劇嗎？」

「嗯。」

「加油。」副校微笑着走進教員室去了。

「那麼，寂寞是什麼呢？」歌詞女孩問。

星說：「你拿了歌詞就知道了。」他用紙拍一拍歌詞女孩的肩膀，便回教員室去了。

下課的鈴聲響了沒多久，歌詞女孩便推開教員室的門呼喚星老師了，星老師改功課太專注了，竟要別的老師敲他的桌子才知道歌詞女孩來了。

歌詞女孩笑着問：「歌詞呢？」攤開手掌的姿態是多麼的溫馴。

「在這兒。」星交出了歌詞便回去了。

「喲，你有沒有看那些歌詞？」

「有啊……」

「那麼寂寞是什麼？」

「寂寞嘛，如果知道自己死亡的時間，就會寂寞。」

「為什麼呢？」

「因為知道什麼都留不住了。失戀時寂寞，是因為留不住戀情。一個人的時候寂寞，因為留不住熱鬧。悲傷時寂寞，因為無法留住快樂。」

「嗯，好像明白了，但還是不太明白呢……」

「你看一看歌詞就會明白了。」說着，星便回到座位去改功課。

不明不白的歌詞女孩，像得到了夢寐以求的玩具一樣，珍而重之地看着那些歌詞，但還是找不到星老師那番話的蛛絲馬跡，連它的來源，也無從稽考。

話劇在學校公演那天，星老師捱了一晚通宵改功課後，拖着很輕很輕的腳步回校，疲累的身軀在陽光下，存在感十分濃烈。

紅色的布幔掀開，星差不多是半瞇着眼看劇的。話劇主旨陳述中港兩地文化，說明中港兩地學生和諧共融之類。史代男和花花用半鹹淡的粵語介紹上海市花時，被黃偉強取笑：「什麼是上海的屎忽？」花花便哭了。這一幕的下文如何，星已經不知道了。

星恢復意識時，卻見台上史代男因為花花惡劣的學習態度，例如經常缺席、遲到、欠功課、上堂睡覺等，憤然割蓆。有些內地生治學非常嚴謹。史代男坐在舞台梯階上，唱起歌來：

「落寞寂寞的一個夜晚

重投平凡，再見夢幻

但願是瀟灑告別

休說可歸返」

史代男的歌聲像搖動着一樽困着海螺的玻璃瓶，有連接外界的通感。忽然四周都起霧了，星想起史代男說過，她的歌聲可以使空氣感動流淚。星的耳朵彷彿聾了，完全聽不見任何理所當然的起鬨譁然，然後聽見眾人都在唱張國榮的〈寂寞夜晚〉。重霧裏他看不見任何人，彷佛歌聲都是由空氣唱出來的。星醒了，發覺他從來都踏在一些不安的物質上，卻行走自如，從前是會移動的地面，現在是毫不踏實的霧。鼻子吸入的空氣彷彿會跳躍，卡在喉頭，整條氣管好像都濕了水，空氣含氧量不足使他呼吸急促起來。他摸一摸臉，都是水。他忍不住開口問：「發生什麼事了？」而回應的聲音就是：「落寞寂寞的一個夜晚」。星垂下頭，他討厭這種感覺，討厭一切的不安，討厭一切都不可掌握，漸漸，星跟着唱了起來，這可能是唯一的解決方法。

史代男忽然在星的眼前現身，按着他的口，說：「星老師，我知道寂寞是什麼一回事了。」

「嗯？」

「你不用唱下去了。」

「為什麼？」

「我想你知道一件事。」

「什麼？」

「還是沒事了。」

史代男轉眼便在霧中消失了，星感到她從此不會再和他如此親近。

掌聲雷動，霧散了，空氣的淚水被拍散了，星站着。

同學謝幕的歡顏都映入星的眼簾，宣示着星又要回到不能掌握的生活去。

有一次午飯時間，許老師和虞老師發表他們對國際時事的一些看法，感性的虞老師說：「我討厭矛盾！討厭戰爭！」

許老師說：「根本和平只是一條維護利益的不成文規定，當那些利益再沒價值時，因為不同的種族不同的信仰，就有戰爭。星老師，你說呢？你那麼聰明，肯定有自己的見解。」

星沒有聽他們對話，一頭霧水，只說：「有人的地方就有紛爭吧！」

虞老師說：「星老師，聽說你辭職了嗎？為什麼呢？」

星說：「嗯，你那麼快就知道了……我想進修。」

星感到現在的生活實在無所適從，進修或許是他重掌生命的唯一出路，他並不知道，他其實想逃避現實的一些什麼才有這個決定。

史代男推開了教員室的門，虞老師馬上叫道：「嘿！找星老師嗎？」

史代男說：「不，找你呢！美女。」

虞老師興高采烈地出去了，走路時裙子搖曳着好像高興的小動物。星不知所以，酸溜溜的。

許老師說：「這個史代男，話劇演得真好。」

星說：「對啊！唱歌唱得空氣都感動流淚，起霧了。」

「起霧？」

「對啊！」

「雖說學校在山上，哪有這麼容易起霧了呢！」許老師打趣地說。

「沒有嗎？」星詫異道。

雖然史代男有時還會找星老師問功課，但不知道什麼原因，次數少了許多。史代男給了星老師一張歌詞便條，全都是英文歌，口味大概轉了吧！但星一直都很忙，竟把這張便條遺忘了。

有一次，星教一位學生做功課時，發現對面宿舍不斷有霧從窗口溢出，許多同學從門口跑了出來，星心想：「歌詞女孩能令空氣感動流淚是真的！」一時高興得手舞足蹈，未幾，火警鐘響了，原來是宿舍的廚房起火。

史代男知道自己不應再麻煩星老師，但知道星老師下學年不再在這兒教書時，忍不住要去找他，卻又踟躕，等到學校清場的鐘聲響起了，大部分老師都離開了學校時，便跑上教員室找一定留到最後的星老師。

史代男說：「聽說你辭職了？」

星說：「嗯。」

「為什麼？」

「進修。」

「話不能說長點嗎？」

星笑了，兩人的關係彷彿回到話劇前。他們倚着欄杆看黃昏的風景，樓宇之間的峽谷現出了金光閃閃的海。

歌詞女孩說：「星老師，我想告訴你一件事。」兩人的手肘緊挨着，彷彿能感受到對方的脈膊。

星說：「什麼事？」

歌詞女孩說：「我很想叫你……算了，沒事了。你真的要走嗎？」

星打趣說：「除非校長高薪挽留我吧！不過這是不可能的了。」星知道他在這所學校的時間快到盡頭，這兒的一切都留不在眼底了，但他忽然發覺，他並不寂寞。星頓了一頓，說：「我能不能聽你唱歌？」

「我好久沒唱歌了。」

「那就算吧！」

歌詞女孩說：「我捨不得你呢！」眼鏡再也折射不出距離了。

「嗯。」

星在加拿大畢業以後，發現原來，他也捨不得學校。那張歌詞便條，雖曾維繫了他和歌詞女孩的關係好一段時間，卻仍埋在那空置了的位置中、那抽屜的深深處。

二〇一三年一月十四日

二〇一三年二月刊於《百家》第二十四期

和音

和音

立人家貧，父親為了省錢，親自為立人剪髮，就剪「陸軍裝」，即如軍人一樣的短髮，不偏不倚。同學的髮型皆很帥氣，他們都不剪「陸軍裝」的……他們喜歡摸立人的髮，開立人玩笑。每根頭髮都尖尖地刺在掌心，十分有趣。後來，父親忙於上班，立人便自行理髮，自剃「陸軍裝」，期望同學摸他的頭，笑着過每天。立人曾經每天理髮，強使每根頭髮長度相同，讓同學摸得舒舒服服。但摸立人的同學越來越少，立人不知何故，仍沒有把頭髮留長，他希望永遠保持自己的獨特。初中的時候，他仍然剪「陸軍裝」。中五以後，頭髮才一根一根地脫落。

下課了，雨很大，狂風吹得行道樹彎下腰來，但是樹幹為了挺直身子，不斷掙扎抖動。雨水打落在地面上，不甘同化，留下圓痕。世上所有事物都努力顯示自己與眾不同。他默默地看着白冰，白冰也默默地看着他，馬同學在一旁整理雨傘。於凝視之中，立人心裏暗說：「如果，為了唱歌，我可以奉獻一生，那麼，為了白冰，我可以一輩子單身。」

一

暗影盡頭的日光在呼吸和脈搏聲中變大，閘門與閘門的時距愈縮愈短。想什麼都是徒然，跑吧！人生無非是前進，或者什麼都不是。跑，一路上大概有四十扇門，一百米左右的走廊，左邊二十扇門，右邊二十扇門，疲乏的燈光下是毫無修飾的牆，牆上，白白的一層灰，十分單薄，用指甲輕輕一刮，甲縫便塞滿了灰。水泥地如馬路一樣粗糙，長輩告誡我們：永遠不要赤腳行走其上，骯髒得很。積水與垃圾袋在乾癟的水管下偷生，靠近天花板的氣窗讓住客全天候竊聽鄰居鐵閘與升降機門的開關，祖先和土地公的神位在晦暗的角落享用貢品，而晦暗的意義是，永遠看不清楚人的樣子——這兒是九龍塘南山邨，香港較早期落成的公共屋邨，富貴地段的貧民窟乃濃縮版的中華文化大戶。

這兒仍非終點，還須要跑。大堂的另一側，是相同格局的走廊，相同的晦暗，盡頭亦是相同的大堂，他回頭一望，確定一個人影都沒有，一點聲音也聽不見，特別是腳步聲，沒有，他喘着氣，彎下腰，手支在膝蓋上，喘着氣，沒有。

樓外吹來薰風，遠山樹影搖曳。鳥兒剛發出第一個音符，他便被撲倒了，頭部狠狠撞到地上。

「哈哈！跑嗎？」騎在他身上的那人說。

他不明所以，頭很暈，身體四處都感到刺痛。騎着他的人很輕，但他無法掙脫，雙手都被那人緊緊扣住。他聽不清楚那人說什麼，只見其口張合，他以為那人只是幻影，或者象徵一種恐懼，他就這樣被自己的恐懼攫獲，卻又不然，因為他記得那人緣何捉他……不是那人，是那些人。

那天早上，他如常嬉戲……他不太喜歡遊樂場，弟弟卻喜歡極了。

家裏沒有什麼娛樂，遊樂場可堪消磨時光，或許他是被逼的。一羣喜歡破壞的童黨來了，說要玩「兵捉賊」。童黨必須穿名牌衣服，但一星期七天都穿同一套的，他們或許把頭髮染金，或許跟普通人沒有兩樣，但都瘦小，與同齡者相比，力氣不大，行事說話卻凶狠至極，讓人不敢招惹。他們說要捉迷藏，那便捉吧！拳猜下來，立人和弟弟當兵，其他人做賊。這般跑來跑去大半天，在粗言穢語和有毒的恥笑下，他們一個人都抓不到。童黨聚過來，說遊戲暫停。

「你們輸了，要接受懲罰。」童黨圍起來，吞噬了所有光，弟弟快要哭了。

「不過弟弟年紀小，可以走。」童黨說。弟弟聽後喜上眉梢，眼睛閃出太陽，他拍一拍屁股，一蹦一跳，跑上遠處的滑梯。

「哥哥要接受雙倍懲罰。」童黨說角色應該換過來，由他們當兵，「你是賊，我們這麼多人，捉你一個。」童黨說，可以讓哥哥先跑三秒，如果被抓住了，便要狠狠打一頓哦。立人聽後拔腿便跑，跑進樓裏，不等電梯了，跑上樓梯去，頭也不敢回，只覺背後腳步聲極急，腦後勁風一揮，好像吃了一拳，痛嗎？也不痛吧！只管跑。背後童黨哈哈大笑。弟弟從滑梯上滑下來，拍一拍屁股，跑向鞦韆去。

「哈哈！跑嗎？死光頭！」立人跑上七樓，終於在走廊盡處被童黨撲倒在地。腳步聲紛至，童黨又圍起一個黑色的圓。立人認出其中一個人是馬同學。

「哦，是立人。」馬同學說。

「哦，是唱歌的立人。」馬同學說。

「哦，是沒有頭髮的立人嘛！」馬同學又說。

那騎在立人身上的頑童，慢慢伸手掐住立人的脖子。立人意識模糊了，他閉起雙眼，明明晰晰地感受到耳朵一上一下的律動，恍惚心跳正在耳邊。頑童右手舉起象徵和平的牛角手勢，掐住立人脖子的爪子狠狠地順時針一轉！

叫囂聲中，立人看見了一襲白影。「白冰！」他叫道。她回轉頭來。她很漂亮。

立人張開雙眼，發現自己正躺在床上。

這是立人的家，他正躺在雙層床的上層，灰色的天花，灰色的牆壁，黃色的地板，他住的房子只有一個方方正正的大廳，吃飯、看電視、睡覺都在這兒。吃飯時要解放牆角摺檯，看電視時要把電視前的雜物挪開，睡覺前要把雜物放回原位，躺在床上以後，大概等十餘架飛機在天花頂上轟轟顫顫地刷過，便能夠入睡。啟德機場在九龍塘的南方。立人一轉身便靠住了氣窗，夜歸的鄰居刷的一聲拉開鐵閘，立人會醒來……塗點潤滑劑便可以拉得輕鬆一點吧……你沒有空的話我幫你塗吧……許多時候以為把話說出來了，卻沒有，日間晦暗的走廊在此時竟與太陽接近，光亮又熾熱，燈泡應該是夜行生物吧……

這不是昨晚的經歷嗎？沒有發生任何打鬥嗎？立人正想鬆一口氣，然而身體的痛感告訴他，他被童黨欺負乃是實實在在的，事情後來怎麼樣了呢？假如他昏倒了，他如何回家呢？如何爬到床上來呢？馬同學怎麼突然出現了呢？好想說那只是夢但喉嚨確是瘀青了一大塊。

回到學校，學生填滿課室，就像髒物填滿鼻孔一樣。校工每天都清潔課室，但是不能目睹的塵埃太多了，春天潮濕的時候，木桌面滲出水，用紙手帕一揩，黑黑的滿是塵。下課回家後，鼻孔裏的髒物特別多，知識在腦袋裏消化後，便變成髒物了嗎？

桌子必須整齊排列，可是，總有些同學離經叛道，班長在此時須要挺身而出，糾正歪斜的桌子。

班長站在大家面前，班長張開了口，班長說不出話。

「立人你想做什麼？」同學問。

「我想做歌手。」

這樣的話，引來哄堂大笑，立人想叫同學排好桌子，但又發不出聲了，可能因為昨天童黨弄傷了他的聲帶吧……

「做歌手嗎？先唱兩句來看看吧！」

「你先……好桌……再唱。」立人想說「你先排好桌子，我再唱。」但是聲帶的毛病發作，好些字音失去蹤影。

「你講咩撚嘢？要你唱就唱！」那位同學說。

「要……搬……桌……我……摘……名。」立人想說「要是不搬好桌子，我就摘你名。」說罷他拿起粉筆。小學的班長有摘名的職責，把犯規同學的名字寫在黑板上，讓老師處罰。

「嗯嗯，好吧！又不是無法……你先唱歌給我們聽，唱完以後我便聽你的，你唱吧！班長。」

立人便唱起歌來，他馬上想起林夕填詞的〈我〉，那是歌者的靈感，不加思考，想起什麼便唱。〈我〉是普通的歌，立人用這首歌捕捉所有人的眼睛，此時眾人都忘掉生命，心跳而不覺心跳，呼吸而不覺呼吸。老師突然走進課室，腳步甫踏上講台，便朝立人的臉上噴唾液，立人太投入歌唱，以為是風吹過他的臉。老師口裏蓄力，腰向後仰，整個身子向前一挺，唾液似箭一樣射向立人的眼珠子上，立人的歌聲才停息。

眾人才看見老師來到了課室。老師溫柔地問立人，畢業後要做什麼？立人說要做歌手。老師關懷備至地說，做歌手能賺錢嗎？能生活嗎？加油！你可以的，不……老師想說「不切實際」，但是她的聲帶也患毛病，致使那幾個字隱去。說罷又朝立人的臉上噴唾沫。學生見了，有的還安坐着，有的卻趕上來，與老師一起圍住立人，他們一邊說：

「加油！」「你唱歌很動聽！」「你會是偉大的歌手！」一邊朝立人的臉上吐唾沫。

「老師，我是來幫你摘名的。」立人說。

「是嗎？」老師又吐了一口唾沫。

立人喜歡成為別人的中心，但不是這樣的中心，只是他慢慢習慣了，便閉起眼睛，嘗試接住別人的唾液，並且放進口裏細細品嘗，立人會說「你的唾液很甜。」「看來你有點上火。」「早晚刷牙才是健康的。」立人不曾得到任何實質而重大的成就，他有種執迷，認為每個人皆是獨特的，他不會沮喪。他的聲線非常獨特，無人與他相同，這讓他十分珍視自己的一切。

立人張開眼睛時，竟然身在歌唱比賽的禮堂之上。

立人正在唱林夕填詞的〈我〉：「不用閃躲，為我喜歡的生活而活。不用粉墨，就站在光明的角落。我就是我，是顏色不一樣的煙火。」唱完以後，台下掌聲雷動，禮堂處處洋溢着愉悅得感動的氣氛。下一位參賽者走上台，他是馬同學，馬同學沒有唱歌，只是拿着紙筆在計算，紙上有三十道數學題，每一道題，不論難易，他都會用十秒去完成，完成一道題，便展現一個微笑，動作形成整齊的節奏，台下觀眾都跟着這節奏起舞，條件反射地從微笑的嘴巴發出無意義的音節。表演完畢，主持宣佈歌唱比賽的冠軍是馬同學，立人輸了。

歸家的道路佈滿乾燥的空氣，英雄樹那燒焦的影子橫臥在十字路口，夕陽滾下山去，立人的背包很重，令他喘不過氣，他翻過背包，竟抖出歌唱比賽的冠軍獎座。

記憶紊亂並不稀奇，某些時刻因為某些緣故便經歷消化重組，如何詮釋「某些」的定義因人而異，「記錯了」「忘記了」更是每一秒皆在發生的事，反正立人奪得冠軍獎座乃不爭的事實。

「好了，你可以張開眼睛。」一個女人說。

「為什麼？」立人問。

「獎座拿到手了，對嗎？」

「對。」

「那為什麼質疑自己的實力呢？」女人問。她是催眠治療師。

攝影機的鏡頭正對準立人那雙陷於世界與世界之中的瞳仁，他呆呆地看着前方，無數個黑色圓圈靜默地束縛着他所能目睹的一切，他還未清醒過來，小學的時候他確是得到一個歌唱比賽的獎座。那頑劣的馬同學後來當上會計師，而且……而且……嗯……鄰里常拿他和立人比較。年齡相仿，際遇卻截然不同。

催眠師問：「街坊都說你的同學比你更勝一籌嗎？」

「對。」立人說。

「那麼，你為何還要堅持唱歌呢？這條路太難走了吧！」

立人說：「唱歌是我最喜歡的事，是我生存的意義，我無論如何都不會放棄。」

「好！」站在一旁的導演心裏暗暗讚歎。

攝影機鏡頭轉向催眠師。

「你的成長經歷影響着你吧！每個人生於世上皆有些需要，那些需要通常是成長以來缺乏的東西。追尋自己的需要時，往往又忽略更多，造成更多的缺乏，這是人的束縛。我猜想，你所面對的心理困難，原因不啻如是，你還需要消磨自己的幽暗。」催眠師說。

導演說：「你能否說些正面的話？」

催眠師沉默了一會兒，說：「所以你很堅持唱歌，只要唱下去，你便會快樂。」

立人說：「對啊！我唱歌的時候充滿自信。」

催眠師說：「加油！你會拿到這個比賽的冠軍！」

導演說：「這個比賽叫『成星之路』。」

催眠師說：「加油！你會拿到『成星之路』的冠軍！」

導演說：「是『麥當勞特約：成星之路』。」

立人說：「好！感謝你！」

立人和催眠師握手，攝影機的鏡頭便收起來了。「這個立人唱歌很好聽啊！有前途！屋邨小子躋身歌唱殿堂，在演唱會裏唱和音，參加『成星之路』，然後能夠成為明星嗎？首先要有唱片公司看中你，不容易啊！唱片公司都不看這些節目！不過你唱歌如此動聽！就此放棄很是可惜！堅持下去吧！也不怕！日後可以在廟街賣唱維生嘛！」導演放大嗓子說。

立人說：「謝謝導演鼓勵。」

導演談起兒子在外國讀法律的趣事。立人唯唯諾諾。催眠師離開前，與立人說：日後可以約見面。

「這一集催眠訴心聲，你說那句什麼……什麼……啊，感動得我眼淚在心裏流。」導演說。

二

場館全然黑暗，立人清了清嗓子，垂下頭，閉上眼，台階慢慢升起。如此黑夜潛藏了千萬雙觀眾的眼睛，黑色的眼睛在黑夜中輪迴，搜索着光芒的拯救。白色的燈光亮起，他唱歌了，觀眾尖叫。立人幻想自己在跳舞，左手一揮，觀眾尖叫，右手一揮，觀眾尖叫，他說話，觀眾在聽，他跪下來，觀眾都哭了。藍色的燈光亮起，照醒了立人，立人在舞台角落的樂隊席上和唱，觀眾為舞台中央白光燈下的明星喝采。觀眾不認識立人，但立人也是唱歌的，立人前方有一枝遙遠的麥克風，假使立人竭力大叫，聲音也無法穿透這兒的大氣，因為立人的世界被中央控制器調整得異常寧靜，縱然背後是鼓手，而左邊是鏡頭，立人戴着耳塞，什麼都聽不見，什麼都不用說，所有情感由明星抒發，立人只須按着樂譜，規規矩矩地唱和音，便可以了。觀眾未必聽得見和音，甚至以為和音是明星演唱的技巧，的確有人以為明星高超得可以用一把嗓子唱出兩道聲音。立人唱的每一個音節都是端正的，像在危崖上走路一樣，不容許半點錯誤，也不容許耍花招。但他始終是唱歌的。他製造這空間的歡愉，然而歡愉不屬於他，但他隸屬這空間，或許他可以選擇：適應主旋律，或與之周旋。

舞台燈光閃耀，立人頭上的藍光恆亮，襯托的人生是否只具襯托的意義？襯托的尊嚴能否得到襯托的尊重？立人竭力歌唱，但無法施展所有功力，使他的聲音欠缺些什麼，聲帶上好像有道緊鎖的門，妨礙他進步，無法突破困窘。他是歌手，他在演唱會中唱歌，他實現了夢想，但是這個夢想是有點變質，他只是一個唱和音的人，沒有人知道他的名字，他生活在不知所措的舞台上，永遠用聲音為演唱會的氣氛撒上鹽。

三

催眠師說：「感謝你再次來訪。」

立人說：「那次催眠，好像發現了什麼……」

催眠師說：「每個人心裏都有些陰暗面。」

立人說：「我只想贏冠軍！」

催眠師說：「為了什麼？」

立人靜下來，沒有回答。

催眠師說：「每個人都有他的需要吧！」

立人說：「這是我成長以來的需要。」他停下來，閉上眼睛，說：「也是我的執着。」

催眠師說：「試一試……談你的過去，看着我這枝筆。」頓了一頓，又說：「立人，最困擾你的是什麼呢？」

立人看着催眠師的手，雪白的皮膚柔軟嫩滑，嬌媚無力。她手上金筆很安靜，漸漸，金筆傾斜了、變大了，俄而恢復原狀……立人說：「我在中學二年級認識她……」

短髮的她，顴骨很豐滿，聲線如嬰兒一樣溫柔，很特別，恍如曾經一千年不言不語，只為把聲音好好保存滋潤，一開口，釋出千年婉轉，軟化整座世界。或許吸引立人的唯有聲音。上課的時候，立人經常明目張膽地偷看他的女神，女神感到有人注視着她，回首一瞥，驚悉是立人，馬上別過臉去，緋紅滿臉。立人還以為女神喜歡他，所以害羞。

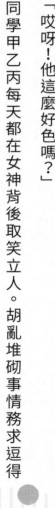

「昨天我看見立人在圖書室偷窺小學生的裙底！」

「我還聽見他在公園大喊！」

「他喊了什麼？」

「他喊：我是色情狂！」

「哎呀！他這麼好色嗎？」

同學甲乙丙每天都在女神背後取笑立人。胡亂堆砌事情務求逗得朋友歡心乃是初中生非比尋常的娛樂。無中生有的傳奇八卦故事在口中經由濁臭的唾液折射脈絡，跟隨討厭的口氣來到世上，進入人們耳朵，竟然能夠激起正義的興奮，化為眾志成城牢不可破的現實。

「你知道他的頭髮為何這麼短嗎？」

「因為他太好色了，頭髮都長不出來！」

「活該！」

「昨天他在菜市場捏大嬸的屁股，稱讚她的叫床聲很棒！」女神回轉頭加入了討論。討論的刺激帶來短暫的興奮，興奮過後卻是無邊的恐懼，為何恐懼呢？同學不知道。害怕立人聽見嗎？受良心責備嗎？為誣衊的荒唐而慚愧嗎？相信了虛妄的恐怖嗎？好像都不是。恐慌實是她們的結晶，她們喜愛極了，竟然藉恐懼獲得了安全感，接受朋友擁戴，把真正的恐怖留給弱者，自己則不受孤獨虐待，情緒高漲，沉醉耽溺，宣稱自我即為正義，無關一切黑暗，繼續以恐懼遮蓋恐懼。

立人心裏卻只有女神，他欲找機會與女神聊天，問她：「你喜歡什麼音樂呢？」女神沒有回答。同學甲乙丙沒有停下討論。立人眨眼的速度加快，手腳不協調地胡亂舞動。他怕女神聽不見，故意大聲問：「你喜歡什麼顏色呢？」全班都聽見了，女神卻別過臉去。立人只好自圓其說：「你姓白，又穿白色的校裙，一定喜歡白色。」同學甲乙丙仍在創造立人的典故。馬同學也湊上來，說：「你瞧，你瞧，立人和白冰中間有路！」白冰說：「光頭男人嗎？送我都不要！」

立人不解，夢想女神就在眼前，和她距離極近，卻無法接近她，單方面的叫喚與沉默填滿了此時此地。立人又再問：「你立志要做什麼呢？我立志要做歌手。」女神回轉頭說：「你做了歌手以後，一定會有很多人喜歡你。」立人問：「你會喜歡我嗎？」女神靈動亮麗的眼睛讓立人止住了呼吸，他的臉孔熱起來，耳朵一上一下地律動，心跳正在耳邊。他期望聽見女神嬌柔的聲音，女神開口說：「你好煩！」

不要緊，因為音樂是立人永遠的情人，生活傷痛都能交給歌曲，一切皆會淡化。立人沉醉於練習結他。結他的六根弦線雖然纖細，卻堅韌異常，長期以指頭按壓，會磨出血痕。立人不忍身體損傷，可是為了練習結他，自我安慰道：自吸入第一口氧氣以來，身體正不斷變化，又何須介意丁點損傷呢？

立人決心改變自己，他在肩膀上紋了一個「冰」字，又釘了耳環，蓄起鬍子，使他的光頭更酷。他把結他帶回學校，在座位上彈唱情歌，同學甲乙丙覺得立人很帥。立人的自信捕捉所有人的心，學校的陽光便色彩斑斕了，空氣也變得新鮮，少年的心都被這名光頭小子的歌聲復甦。唯獨白冰沒有。「立人要當歌手！」同學甲喊道。馬同學坐在立人的座位上和白冰聊天。台上的立人，血脈沸騰，耳朵發紅，心跳正在耳邊。每每有這樣感覺，總讓他想起從前被童黨欺負。

驀然，立人聽見馬同學說：「冰冰的叫床聲很棒！」

立人張開了眼睛，房間被靜默包圍，空氣中每顆粒子都擁有鎖上人類嘴巴的魔法，讓立人和催眠師在這段冗長的敘述以後無法說話。分體式冷氣機的扇葉上下搖動，世界依舊流轉，一切如常。催眠師拿起筆，翻開黃色手冊，繪畫深奧的符號。立人抬起頭，凝視牆上山水畫，原本合十的雙手平放在膝蓋上，靜靜地放鬆緊繃的喉嚨，平復紛亂的思緒。

催眠師說：「很困擾嗎？」

立人仍舊看着那幅山水畫，說：「都那麼多年了，好像還沒有放下她。」

催眠師說：「白冰對你的影響很大呢！」

立人說：「對，我做學生的時候很喜歡她。她說：等我成為歌手以後，便會喜歡我。可是我眼白白看着她與別人交往，那個住在我隔壁，姓馬的同學，告訴我白冰的叫床聲很棒。」

催眠師說：「跟白冰還有聯絡嗎？」

立人說：「沒有了。」

催眠師說：「能夠找到她嗎？」

立人說：「不能夠了，沒有聯絡方法，我也不想找她。」他頓了一頓，又說：「不過很想跟她道歉。」

催眠師說：「為什麼呢？」

立人說：「那個時候給她太多騷擾了。」他頓了一頓，笑着說：「誰會喜歡光頭仔呢？」又說：「算了吧……每次想起這段往事，我都要陷於抑鬱的海洋中。」

催眠師說：「放心吧！事情正好起來。我們無法避免自己不受傷，你明白的。」

立人深深地吸了一口氣。這口氣充滿刺痛，快要撐破他的肺。他忍住，不呼氣，痛感便慢慢舒緩下來。

催眠師說：「其實你很有自信。」

立人說：「對，否則怎唱歌呢？」

催眠師說：「同時又很自卑……」

立人說：「多少和成長有關吧！」頓了一頓，說：「我常常覺得，如果沒有那羣欺凌者阻礙我成長，我的成就可能更高……他們對我的凌辱，對我的破壞，讓我覺得自己很醜陋。我真的可以站在台上嗎？我恨他們，我要把一切都忘掉，不要再自我質疑，我只喜歡唱歌……可是我恨他們。」

催眠師說：「只是事情已經發生了。錯誤如果能夠修補，就等於向前邁進。」

立人說：「因為他們，我學懂面對批評……的確如此。錯誤是一種前進，很無奈，事情只能夠看好的一面嗎？」

催眠師托一托眼鏡說：「嗯……你能夠分清楚回憶的真偽嗎？」

立人問：「為何這樣問？」

催眠師說：「你覺得白冰有喜歡過你嗎？」

立人問：「你想表達什麼呢？」

催眠師說：「事情既已過去，活於現在的我們，怎樣詮釋過去，都只靠主觀感覺。某句說話、某個現實，可能只呈現一種意思，深沉的背後則有無盡可能，而我們只取偏執的一種並深信不疑，將會陷於虛幻的漩渦中不能自拔。小學老師對你的鼓勵，你可以覺得她敷衍，甚至覺得她是在批評。反過來看，把過去詮釋為困難中的磨練，造就今天的你，造就將來的輝煌，這樣詮釋，對自己不是更好嗎？」

立人說：「我覺得白冰喜歡過我。」

催眠師說：「沒可能！」

立人說：「為什麼？」

催眠師說：「你先說說為什麼可能？」

立人說：「我性格好，條件好，有才華，對她照顧有加，她承諾過我，等我成為歌手，便會喜歡我，這是……實實在在的事。」

催眠師說：「所以她口裏說不……」

立人說：「只是怕被同學取笑。她和馬同學一起，是為了激勵我……我知道。」

催眠師說：「天啊！」

桌上的水晶球囚禁了立人和催眠師的眼睛，立人的眼睛不斷膨脹，他將目睹世界一切真相，然後以一切，保守脆弱的心。

催眠師說：「女孩子如果口是心非，嘴上說不但心裏喜歡你，她必會對你有所行動：關懷，或者瞭解，但是白冰沒有，所以她肯定不喜歡你。」她其實不知道事情的真相，她掌握的都很片面，但是她必須堅定。

立人沉默了一會，說：「我就知道……只是我不想承認。我不明白，我這麼差嗎？縱使白冰不喜歡我，也不要欺凌我啊！」然後他說：「我把白冰和明星夢畫上了等號。唱歌是為了兌現她的承諾，我成為歌手以後，她便會喜歡我。現實卻是，我在白冰心中不算什麼，我在夢想的舞台上也不算什麼，我對白冰那麼好，為何她不喜歡我？我這麼努力，唱歌這麼動聽，為何只能夠唱和音呢？我不禁懷疑，我唱歌真的動聽嗎？我喜歡唱歌，唱歌喜歡我嗎？我喜歡夢想，夢想喜歡我嗎？夢想只讓我身陷黑暗之中。」

催眠師說：「所以，如果堅信白冰喜歡自己，你便陷於虛幻的困局了。但如果相信白冰不喜歡你，你便可以解除束縛了。」

立人說：「你說白冰不喜歡我的時候……我不想承認……我確實鬆一口氣。我可以放下執着，由她吧！但是忘記白冰等於毀掉我的夢想，他們是相等的。」

催眠師說：「忘記白冰不會毀掉夢想，毀掉永恆的愛人才會。」

立人疑惑地看着催眠師。

催眠師說：「白冰只是和音，忘記她，你要站在舞台中央做主唱，這樣詮釋不好嗎？」

立人說：「唯有忘記過去，才能重建今天的自信嗎？我有能力嗎？」

催眠師說：「忘記一些，不是毀滅，是變形。我問你，你為何喜歡唱歌？」

立人說：「喜歡就是喜歡，不為什麼。」

催眠師說：「不是因為擅長嗎？」

立人說：「是。」

催眠師說：「不是因為渴望被人認同嗎？」

立人說：「也是。」

催眠師說：「不是因為白冰嗎？」

立人說：「不是了。」

催眠師說：「是的，但已經過去，必須承認，必須接受。」

立人說：「但我更喜歡透過唱歌抒發自己，感染更多的人。」

催眠師說：「記得你唱歌的問題嗎？」

立人說：「記得，我在台上總是發揮不出真正的實力，聲帶好像有道關口，窒礙着我，使我無法唱得如平時一樣好。」

催眠師說：「你要解除束縛，打開關口，正視過去，你不要當和音，你要當明星，你要自信，你要變強，你要堅持！」

四

香港的街道都很狹窄。旺角女人街兩旁都是用鋅鐵板和帆布搭成的攤檔，這些攤檔如公屋住戶一樣密集地拼命生存。晚上，攤檔的燈光照穿鋅鐵板與帆布，透出螢光，從高處俯瞰，通體透亮的女人街蔚為奇觀。轉到西洋菜南街，天空被橫七豎八的招牌刺穿，人流太多，路人毫不客氣，踏上馬路，超越前人，分隔行人道與馬路的黃線分外刺眼，卻一無是處。週日，西洋菜南街禁止車輛駛入，街道變成行人專用區，也變成街坊舞台。立人停下來，傾聽年輕人賣唱：

「你不是真正的快樂，你的笑只是你穿的保護色，你決定不恨了，也決定不愛了，把你的靈魂關在永遠鎖上的軀殼……」

是台灣樂隊五月天的〈你不是真正的快樂〉。不遠處，另一些年輕人在唱 Beyond 的〈海闊天空〉：

「今天我，寒夜裏看雪飄過，懷着冷卻了的心窩飄遠方……」

幾步開外，甚至有從深圳南來的雜耍團表演頂罐。立人轉進彌敦道，來到約定的餐廳，一位短髮女子的側影俘虜了立人，她的顴骨豐滿，她是白冰，旁邊馬同學正擁着她。立人心裏一縮，想轉身回去，但這念頭一閃而過，他繼續前行。馬同學首先發現了立人，他高呼：「立人！唱歌的立人！」

立人和中學同學聚舊。大家都知道立人最近很火很紅，參加「成星之路」挺進決賽，但是同學都不知道立人的正職是什麼。立人說他是歌手，一直都是歌手，在演唱會唱歌。同學問，怎麼從前在電視上看不見你呢，以為你是新人呢！立人說他只會在演唱會唱歌，我是歌手很厲害吧！馬同學說我是會計師。立人說我以前是班長。馬同學說我快要和白冰結婚了她有了我的小孩香港寸金尺土但我們買樓組織家庭你幾時結婚呢？立人說我是歌手。馬同學說我們沒聽過你的歌你唱的是什麼歌呢？

「我唱的是和音。」立人說。

同學都羨慕馬同學。他們大談投資的秘訣，很快樂。立人也很快樂。有人問立人：「你一個月賺多少錢？」

立人說：「不多。」

同學說：「買樓了嗎？」

立人說：「沒有錢買。」

同學說：「我還以為當明星很有錢，原來那麼窮的嗎？」大家都喝醉了。

立人說：「很窮。」

同學說：「你看馬同學和白冰，他們的人生才是王道，讀書談戀愛到現在買樓了，這才是正確的人生。你堅持音樂，窮，不划算。」

立人說：「我就是喜歡不划算。」

馬同學和白冰的幸福讓眾人豔羨。愛過的人生活美滿，立人也感動了，就跑到餐廳台上唱歌給大家娛樂，馬同學和白冰平和地看着立人，恍如中學那時欣賞立人的樂隊在歌唱比賽中表演一樣。台下許多人認出那是「成星之路」的立人，都放下酒杯聽歌。台上的立人，心跳與平時一樣，某些東西已經成為習慣，便不復緊張與悸動，立人唱得分外動聽。

馬同學大叫：「這首歌！我記得！立人在小學的歌唱比賽唱的！」

「不用閃躲，為我喜歡的生活而活。」立人唱。

立人張開了眼睛，他正躺在雙層床的上層，灰色的天花，灰色的牆壁，黃色的地板，轉過身來，氣窗正對着晦暗的走廊。母親聽見立人轉身，厲聲問：「起來了嗎？日上三竿了！」

立人含混地說：「媽媽……」他笑着爬下床，母親背着窗戶，逆光中容貌模糊。小小的廳，大大的桌子，桌上有瑞士雞翼、煎三文魚、火腿炒蛋，還有西蘭花。立人問：「弟弟呢？」

母親說：「上班了。」

立人說：「媽媽……」

母親說：「怎麼了？」

立人說：「其實我堅持夢想，會否給你負擔呢？如果我做政府工，你便可以早點退休，享清福，不用辛苦。我還應該走音樂的路嗎？」

母親說：「『成星之路』的決賽何時舉行？」

立人說：「下星期天。」

母親說：「我買菜的時候，所有人都跑到我面前誇讚我兒子唱歌很好聽呢！他們簇擁着我，讓我買菜很不方便。」

立人說：「那真的很抱歉。」

母親說：「我覺得當明星的母親還不錯。收入雖然不穩定，但是能夠照顧自己便好。你已經花了很多時間在音樂上了，如果現在放棄，很可惜呢！況且現在有了一點名氣，不怕啦！」

立人說：「媽媽，我常常覺得我的夢想沒有達成。我經常跟別人說我是歌手，但我只是唱和音而已，我的夢想只達成了一半，我還不是明星，但要放棄這條路嗎？很可惜。這景況真無奈。」

媽媽說：「有沒有聽過半杯水？到底是半滿，還是半空呢？加油，既然你謀生不成問題，能否成為明星，就要更多努力。」

立人聽着，竟然哭了起來，母親問他怎麼了，他哭着說：「聽你這樣說，我覺得我的人生在現在才開始。從前我很在意自己給人什麼感覺，我想得到別人的認同，我才唱歌。同時又很自我，我裝作很有自信，其實也很自卑。我只看到世界最差的一面，卻看不見好的。所以我庸庸碌碌，沒有胸襟，沒有藝術境界，才讓自己一事無成。」

媽媽說：「哎呀，我都不知道你在說什麼！快吃飯。」

立人嗚咽着說：「我也不知道。」

五

錯誤在修補後便是前進。催眠師的話深深地烙在立人腦海中，使他感覺自己正在進步，錯誤將比沒有錯誤更強大，他將會贏得冠軍，成為明星，超越古往今來的歌者。

「成星之路」決賽的後台，許多人都在忙活，為生活奮鬥，諸位參賽競爭者前後踟躕，努力準備，工作人員在狹窄的空間東奔西走，對講機在傳遞重要信息。忙亂之中，一個瘦小的人走近立人，他滿面鬍子，眼睛大得像要吞下鼻子，這人正是導演，兒子在外國讀法律的導演。他走過來說：「立人，加油，我看好你能夠贏，你唱得比對手好，雖然你們唱得差不多。」

「謝謝。」立人在迢長的通道中前行，單調的灰暗結出靜默的氛圍。前行吧！人生無非是前進，或者什麼都不是。通道在呼吸和脈搏聲中不斷延長。立人推開一扇門，舞台的射燈像劍一樣揮舞，引領音樂的節拍起伏。主持人站在舞台中央，圓形的舞台像懸崖，無法安置立人的心跳，他的耳朵一上一下地律動，脈搏在耳邊響起，混身發燙。

立人出現，喝采四起。他站於掌聲之中，從來沒有想到自己值得被喧鬧烘托，能四平八穩地上升，只要舉手便可撫平天空的皺褶。

主持對立人說：「立人，你在『催眠訴心聲』那一集的表現，很感人呢！參加『成星之路』的都是強者，沒想到你敢於把軟弱的過去分享給我們知道，從前的你真是被童黨欺負得太慘了，但你沒有悲傷，你意志強大，堅持唱歌的夢想，但是夢想仍與你開玩笑，你只能唱和音，不能做明星。經歷許多挫折，你仍沒有放棄，只因你熱愛音樂，『成星之路』正給你機會，助你達成夢想！」說罷掌聲四起，掌聲之中夾着尖聲呼叫：「立人！」

主持對着鏡頭說：「所以你也來報名參加下一屆的『成星之路』吧！」

化了煙燻妝的立人，眼睛特別大。他說：「是嗎？」

主持人問：「立人，我想問你，你最喜歡哪位歌星呢？」

立人說：「我最喜歡哥哥張國榮了，他很敢於表達自己，我第一次參加歌唱比賽就是唱他的〈我〉，拿了冠軍。」然後他唱：「不用閃躲，為我喜歡的生活而活。不用粉墨，就站在光明的角落。我就是我，是顏色不一樣的煙火。」觀眾掌聲雷動，他又說：「當時，我只是個小學生呢！哥哥是香港最出色的歌手，他是無可替代的。」

他的粉絲都尖叫起來。鏡頭馬上聚焦在一位女粉絲的臉上，她哭得暈了過去，鏡頭離開她後，她又穩穩地站牢了。

第一回合對賽開始，立人先唱，唱的是〈到此為止〉：「好好分開應要淡忘，你找到你伴侶，重臨舊情景，我卻哭得出眼淚，時常在聯想，你會溫馨的抱她午睡，然而自己現在沒任何權利再抱怨一句……」

這次，立人的對手穿碎花裙子，像棉花糖一樣雪白的雙腿蹬着一雙黑色短靴，十分漂亮，導演很喜歡她，她的粉絲也比立人多。她唱完以後，立人會再上台與她合唱，然後評判便會打分，決定這回合的勝負。

立人重新回到舞台，與對手合唱〈愛一個人〉。唱畢，評判在說話，立人都聽不見，只聽見自己的心跳。主持舉起立人的手，說立人勝出了這回合。立人轉身看分數牌，他比對手高一分，評判說，立人的和音唱得更好，所以獲勝。

主持人還要和立人的對手在舞台上聊一聊落敗感受。立人先回到後台。導演拍一拍立人的肩膀說：「果然是唱和音的。」

成星之路的決賽，共有五名參賽者，五名參賽者完成所有比賽以後，將獲頒冠、亞、季軍，以及最受歡迎獎四個獎項。現在，所有歌都唱完了，衝着冠軍獎座而來的立人盯着通道旁邊的獎座，像已把它拿在手上。他毫不緊張，覺得自己必定能夠奪冠。只等評判說畢評語，主持人宣佈獎座誰屬，立人便可捧起獎座，正式成為明星了。

主持人說：「好了，到立人。」

評判說：「立人唱歌很自由，音準、拍子完全正確，他有自己的風格，很自由奔放，完全演繹出歌詞與編曲中的感覺。他跟原唱是完全兩種截然不同的味道，香港有他，未來香港樂壇真的可以重振雄風，稱霸亞洲。」

立人聽了這番說話，覺得自己必定能夠奪冠。

評判繼續說：「但是還未夠，立人的聲音欠缺了什麼，他十分完美，但就因為太完美了，所以有點兒奇怪。感情上是有點兒怪，好像很有束縛。但我覺得這是他的風格，感情比較含蓄吧！像一杯淡淡的蜜糖。」

立人聽了以後，反覆思量話中含意，評判說他的聲音欠缺了什麼，即是他不能夠拿冠軍了嗎？到底欠缺了什麼呢？他想進步，是欠缺了感情嗎？還是欠缺缺憾？但是評判又說他很自由奔放，又說他有風格，像蜜糖，蜜糖是好東西吧！意即他能夠得到亞軍嗎？他肯定能夠得到亞軍了。

主持人宣讀季軍的名字，不是立人。

立人心頭一緊，如果他得到季軍，他的心或許會安定下來，不受煎熬。但是他絕不滿足於季軍。他應該獲得冠軍獎座。他知道主持人宣讀的下一個名字就是他了，他要得到亞軍，或者冠軍。

主持人宣讀亞軍的名字，不是立人。

立人墮進懸崖裏去了，冠亞季軍是三個機會，現已去掉兩個，還有三個人沒有拿到獎座，他感覺機會渺茫，自己該得到冠軍嗎？他等待主持人宣讀他的名字。

主持人宣讀冠軍的名字，不是立人。

立人什麼都聽不見了，他什麼都聽不見了，整個人被掏空了，不再有生理反應。得獎者都在述說自己的感受，立人都聽不見了。立人忽然想起，有一個獎叫最受歡迎獎，如果他能夠得到這個獎，他便可以跟唱片公司簽約當歌手，他可以當明星，他可以實現夢想了。

主持人宣讀最受歡迎獎的名字，不是立人。

立人沒有悲傷，沒有為夢想的破滅而悲傷，他要回到藍色燈光下繼續唱和音，不能當明星了，但是他沒有悲傷。他還要恭喜各位參賽者，他們是敵人，也是戰友，他還要答謝歌迷和朋友的支持，他還要答謝評判、主持人、幕後人員。或許他們正要給他一個偉大驚喜，告訴他，真正的冠軍是他，但是沒有可能了。母親買菜的時候如何抵受街坊取笑呢？若有人問：「你的兒子輸了，輸得很慘呢！」母親如何回答呢？立人怎麼知道！立人現在還來不及悲傷呢！

主持人問立人的感受，立人深深吸了一口氣，然後說：「評判說我的聲音好像欠缺什麼，我覺得是的，我在台上很計較自己的表現，很害怕音準和拍子出錯，結果都沒有錯，但我還是沒有得到獎。我太在意這些規條了，唱的時候，好像受到了束縛，沒有好好抒發感情。感情是藝術的靈魂，沒有靈魂就是落敗的原因吧！我從前在演唱會中唱和音。許多明星都渴望登上紅館這樣的大舞台，有些歌手更是窮盡畢生之力也沒法到紅館開演唱會。可是我經常在紅館唱和音，但是我不喜歡紅館。在小型的音樂會上，主唱歌手可能有空介紹一下，我這和音歌手的名字，但是在紅館這麼大的場合，我的名字沒可能出現在觀眾眼前。我慶幸參加了『成星之路』，我的名字曾經閃耀。好了，我現在要回去紅館唱和音了，多謝大家！」

立人輕輕鬆鬆地跑回後台，通道上，工作人員相繼拍他的肩，摸他的臉，說：「加油！」「你唱得很棒！」「你的歌很動聽！」「你的表演很精彩！」「你沒有輸！」不輟的鼓勵掀起立人的笑容，他從失落的幽谷中回來，台上霎時的掏空消滅了他的存在感，心破了一個洞，但熱血充盈實在，他負傷回來了，可以回到紅館成為最出色的和音歌手，他堅定地相信他的驕傲。一個瘦小，滿面鬍子，眼睛大得像要吞下鼻子的人，一邊拍掌，一邊向他走來，他是導演，他的手上夾着一張卡片，他把這張卡片塞進立人的衣袋裏說：「這是唱片公司張經理的卡片，想找你試音。我說了嘛！你能夠當歌手的，以後好好唱。」

立人沒有想到，竟有人欣賞他，還要找他試音，可是，立人把卡片還給了導演，因為他知道，他的歌唱事業，他的明星之路，他的前進，無非是不適應主旋律，並與之周旋。

二〇一五年三月二十八日香港粉嶺
二〇一五年七月二十三日一改
二〇一五年十月刊於武漢《長江文藝》
二〇二三年七月一日香港大圍二改

死情

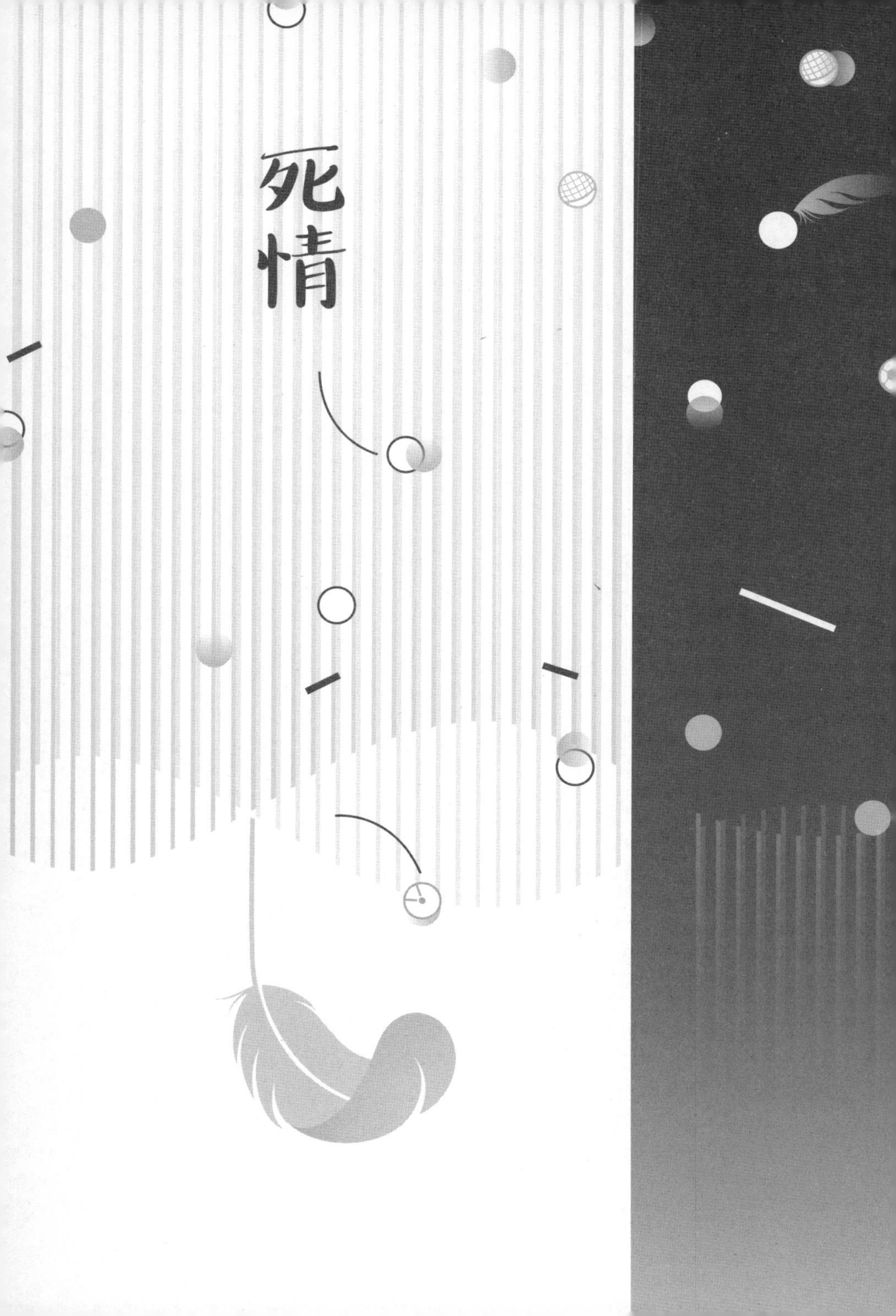

死情

——謝謝好友劉家謙。

寫這個故事，是為了紀念以下的醫療案例：

「一九六五年，加拿大一個男嬰在接受割包皮手術時，陽具被嚴重燒傷，無法復原。焦急的父母向性學家曼尼博士求助。曼尼博士建議把受傷的男嬰當作女孩撫養，並為嬰兒施行初步變性手術，其後又提供激素。曼尼博士就此寫了不少學術論文，報告說他成功為嬰兒培養出女性性別認同，嬰孩長大後安於自己的女性身份，證明了他的『性別後天培養論』正確無誤。

但在一九九七年，一些學者揭發曼尼博士未有如實報告真相。被當作女孩撫養的布蘭達一直抗拒自己的女性身份。『她』十三歲時拒絕再接受曼尼博士的治療，十五歲時父母終於把真相相告。布蘭達毫不猶疑地放棄經過多年培養出來的女性身份，按照自己內心的選擇，重新過着男性的生活。但他一直活得不快樂，終於在二〇〇四年五月五日自殺身亡。」

「我實在不喜歡現在的我。」

「我也是。從前的我是多麼無拘無束。」

「從前的我並不是現在這個樣子。雖然現在的我銀光閃閃，很多很多人喜歡我，我又可以因為盛載你而有一點貢獻，嗯，有質素，又有價值，其實一切都是美好的，一切都是美好的嘛，那個躲在岩石下的我，那個不知道天空的顏色、不知道空氣的清新的我，連什麼是美好都不知道。但是，正因為不知道美好是什麼，才會覺得當下是最好的。不知道美好的高度，便不需費力抬頭看那遙不可及的境界。」

「你從前躲在岩石下嗎？」

「對，那個從不抬頭的我，在岩石裏默默垂頭睡着，以為那兒是我永遠的溫床，直至有人鑿開岩石，把原本那笨頭笨腦的我取出來，拿到實驗室去提煉，才成為現在這個閃閃生輝的我。人們從沒有考慮外物的意願，便把它塑造成他們預設的形狀，即使我變成他們所想的最為美好，人又不是我的主人，我為什麼要屈身於他們的囚牢中呢？」

「可是我們沒有能力反抗啊！我從前是大海的一部分，活動的範圍幾乎沒有邊界，可是被人類改造後，只能屈身於你的身體之內。雖然人類把我塑造得比本我更受人愛戴，使我的內涵更有味道，可我還是喜歡在大海漂游的感覺。」

「什麼是大海？」

「大海嘛，無邊無際，自由自在，是能夠實現夢想的好地方。」

「真的嗎？」鋁罐開始想像，大海到底比自己美好的軀殼再美好至一個怎樣的程度，想着想着不禁沉醉於汽水給予它的廣袤空間。

暗黑的空間忽然被人重重拍擊，鋁罐開始向下滾，直至接觸到光，整個過程就像初生的嬰兒被陰道擠出來似的，嬰兒會哭，而鋁罐身上也滿是水珠。少年拾起鋁罐，男孩比少年更快一步說：「呸！怎麼是大頭，而不是小朱。」眼神帶一點長脖子鳥類獨有的鄙夷，說的是罐上印着的廣告明星。小子搶了少年手上的鋁罐，拉開環子，三個人輪流喝，很快便喝完，縱使汽水是有點嗆。

鋁罐無能為力地送走汽水，它知道汽水之所以成為汽水，擁有最高濃度的二氧化碳，是因為它終有一天要離開空氣所覆蓋的範圍，走進人類的身體裏，命運總是安排我們擁有一項將要徹底失去的東西，就像動物擁有的身軀，人類擁有的智慧，恆星擁有的光和熱，那些東西都將永遠地消失。鋁罐唯有盡力傾斜自己的身子，以最熱烈的姿態讓汽水走得比較快樂，汽水拋下一句：「有機會的話，記得到大海去，再見了朋友。」就完完整整地離開了。鋁罐霎時感到空虛，這不是因為身子裏騰出了許多空間，使它不再堅實，捏一捏就皺，而是因為它再沒有任何存在的價值，它儲存汽水的任務已經完結了，它由最為美好的容器淪為一件垃圾，這就是它由礦石變成鋁金屬後一直在擔心的事。此時，少年、男孩、小子三人，正把鋁罐當成足球一樣踢來踢去，鋁罐本來光滑的表面起了許多凹痕，滾動的時候掙扎似地彈起就是它唯一可以做的反抗，小子大叫：「看我的！」凌空把鋁罐不偏不倚地踢進了回收箱。

鋁罐在回收箱的洞口彈了一下，然後跌入回收箱內重歸黑暗，雖然四面都沒有顏色，恍如一個並不存在的空間，但它仍然聽見三名男子在叫囂，證實這仍是地球的某個角落。鋁罐心想：「命運如此玩弄我，要我放棄自己的本質，在我身上塗上鮮豔的顏料示人。我已失去本來的面目，又失去命運給我的價值，我這一件垃圾又能到哪裏去呢？結果應該會被埋在堆填區裏，等待成為虛無而已。也罷，重歸黑暗正是我的心願。但我實在不甘心，不甘心一生都被人操控。」鋁罐的生命就像一個算盤，若沒有人用手指撥動，便連最簡單的一加一都永遠算不出來。

鋁罐下面……那印着女明星小朱可愛笑容的伙伴，忽然以粗豪的聲線說：「喂！你啊！男人大丈夫幹嘛垂頭喪氣呢？」

鋁罐說：「我已經淪為廢物了。」

小朱說：「你說什麼廢物？這兒可是回收箱，我們將會被循環再造，再次獲得重用，我們可像智商二百的三歲小孩一樣，前途無可限量啊！」

鋁罐說：「前途再光明也好，只要人類還需要我們，我們終難免成為廢物。」

小朱說：「你說什麼廢物？我們的價值可高着呢！你不知道人類投資在回收工業的金錢比大海還要無可限量嗎？即使是廢物，我們也是最昂貴的廢物啊！你說是不是？你說！你快說！」

鋁罐有點討厭這種自欺欺人的傢伙，尤其討厭那些毫無自信的語氣，這種人只會拿一些比他差的東西來比較，永遠活在自己想像出來的顛峰之中，一旦跌入比較的深淵，就永遠不會快樂，走起路來也不踏實。鋁罐對小朱的討厭達到極致，但那不過是一堆顏料而已，它的憎恨竟到了恨一個人的程度。鋁罐嘀咕着：「再昂貴的廢物也不能擺脫成為廢物的惡性循環。我已經被迫變成這個樣子了，不變也變了，我也不是我了，要怎麼也好。」

忽然，汽水的聲音暗暗響起：「記得到大海去，那兒無邊無際，自由自在，是能夠實現夢想的好地方。」

鋁罐以為是幻覺，原來真的是汽水在說話，它還有一小部分殘留在鋁罐體內呢！汽水說：「我開始相信，一件物件即使消失，但他的價值長存，哪怕他本來多麼微小。」沒錯，即使飲料如何被吸乾，總有一些殘餘的點滴，沒法子被吸走，在器皿內滾轉。

回收箱的入口有水點灑進來，大概外面在下雨了。一隻手伸進來要抓小朱，汽水說：「時候到了。」小朱抗拒這隻手，把身子一頂，鋁罐就被抓住，它穿過入口，重見光明，仍似初生的嬰兒一樣對世界充滿好奇。天空烏雲密佈，雲流得飛快，雨不大也不小，打在身上卻帶點勁，空氣帶點潮濕的草青味。老婆婆扔下鋁罐，正要一腳踏下去，鋁罐不聽話地以被獵者的速度狂奔。天氣惡劣，老婆婆顧不得鋁罐，轉頭又去抓別的寶物，但求盡快裝滿一袋子回家去，說時遲那時快，小朱已被踏扁了，笑容扭曲得無法辨認。

鋁罐沿着長街一直向下滾，經過了紅色的交通燈、延綿的梯級和深淺不一的水窪。滾動的時候雨水不斷從鋁罐的洞口滲入它的體內，滾得愈遠，雨水注得愈多，汽水被稀釋的時候高呼：「好得很！我很快便回歸大海了！」鋁罐從未見識過，有人面對死亡時竟可以如此興奮。

鋁罐再也聽不見汽水的聲音了，只是，體內的水越多，滾動的速度便越快，快感使他滾過樓梯時屢屢躍起。鋁罐一直在想：「大海到底是怎麼樣的呢？真的可以助我實現夢想嗎？我的夢想就是，可以自由地控制自己。」狂風一直助它向前推進，整個世界彷彿所有人都不是不快樂的，鋁罐由城市滾到馬路，由馬路滾到碼頭，由碼頭滾到大海。它的身子下墜時，還以為又遇上了梯級，然而當墜勢停止時，它發覺自己無法再滾動了，身子飄飄然的，毫不實在，體內完全被水注滿。

它體內的水說：「這兒就是大海了。」

大海原來是這樣！綠如藍的水流中，魚兒隨着自己的意志，東張西望，上下游移，載浮載沉，每雙眼睛深邃的瞳孔都是靈魂的故鄉，即使是水草，也在愉悅地跳舞。鋁罐正在為自己真的置身大海而思考快樂的意義時，冷不防受到什麼的撞擊，原來一大羣咧着嘴的魚兒自四方八面衝過來撞它、叼它，這瘋狂的舉動使鋁罐身不由己地不規則移動，沒有比這更熱烈的歡迎儀式了。鋁罐很想變成魚兒，依自己的意志移動，決定自己的命運。在魚兒搞清楚鋁罐不是食物後，鋁罐終於可以安靜下來，在海底的泥沙中尋找變成魚兒的線索，它把空置的貝殼蓋在身上，當成鱗和鰭，把離羣的水草絆在罐末，當成尾巴，它有了魚的形狀，卻還是不能像魚一樣擁有決定命運的能力。上天的安排很是奇妙，鋁罐被一股力量吸住，不由自主地向後退，轉眼便又回到黑暗之中。

正因為它有了魚的形狀，它才被一條大魚吃掉。

鋁罐只感到世界在天旋地轉，所有東西都被分解然後重組，自己被賦予反應、感覺等等……鋁罐張開眼睛，感到自己被一塊薄膜包圍，十分冰冷而且侷促，牠渴望自由，便衝破了它。初生的牠，看清楚水流動的線條，連水中飄浮着的微生物，牠也看清楚了，牠嚐了一口，鮮，牠用腮呼吸，心臟便開始跳動，牠真的變成了一尾魚。

牠高興得向前直衝，實現理想的快感使身上的皮膚急速變色，但牠馬上發現，牠沒有能力控制自己立刻停下來，原來，每件事物即使再怎麼自由，也有它的局限，牠想，事實不是如此的，待牠長大以後便可以控制自己停下來了。但歲月的事實是，等待長大的牠要不斷逃避大魚的追殺，曾有一次牠想就此放棄，讓大魚吞掉牠，但牠不想再經歷那個天旋地轉的世界以及重新長大，牠不想步入這個惡性循環而要走更多的路，於是牠拼命地逃，直至捕獵者的口再也吞不掉龐大的牠。這時，牠發現，長大了的牠更難控制自己停頓與否，只要水在流動，牠便無法不隨波逐流。變成魚之前，牠還在憂心，一旦夢想實現了，再沒有能夠追尋的目標時，自己不是又再沒有價值了嗎？原來世事並非如此簡單，即使夢想實現了，還有更多出乎意料的事情不受自己控制，牠開始覺得，夢想是一層又一層沒有盡頭的宇宙，我們可以說，夢想是可以跳接的、可以轉移的，在這個沒有止盡的世界追逐夢想，固然快樂，但也令人疲倦。鋁罐開始明白，只要牠存在於世上，牠永遠不能完全自由地控制自己，除非這世界只有牠自己一個。

在牠眼前，是一塊綁着魚鈎的魚餌，它上下擺動的姿態是多麼吸引。鋁罐心想，既然牠的所謂夢想已經實現了，何不做一些有貢獻的事，讓人吃了牠以後得到營養呢？至少這個決定是完完全全地由自己控制，不受任何外物約束。牠一口咬住了魚餌，魚鈎鈎穿牠的唇，四邊的水流一直往後退，牠跳出水面，以最美的姿態等待魚腮永遠枯涸。

小子把今天釣的大魚拿回家，給母親蒸熟了吃。魚鰭上翹，十分新鮮，只是吃下去的時候，有輕微的金屬和可樂味道，他還以為這是母親特別的烹調方法。整家人都討厭魚，除了他。晚飯過後，他突然腹痛，四肢不由自主地痙攣，口吐白沫，送往醫院後不治，死因是中了水銀毒。

在趕往醫院的路上，他聽不見救護車的響聲，卻幻見從前許多快樂的片段，包括那次非常有運氣地把鋁罐凌空踢入回收箱的場面。

二〇一三年二月十二日

二〇一三年城市文學創作獎小說組季軍

收入《且看人文環保》

十秒人

十秒人

我在網上聊天室認識十秒人。我稱他為「十秒人」，乃因他讀了我的訊息後，必須隔十秒才回覆我。十秒人真有趣。我們快城人都習慣馬上回覆短訊，在他回覆我之前，我和十多位朋友對答好幾個來回了。

十秒人要來快城渡假，順道看一看我，我也很久沒招待過客人，便答應了，約好時間，我向公司請了假，好與他結伴同遊。

與十秒人在機場見面當天，我在遠處已認出了他，他長得跟聊天室的頭像一模一樣，恍惚直接從電腦跳出來。我使勁揮手，差點刮起龍捲風，可是十秒人默默打我身邊走過。我看着他漸遠的背影，十秒後他才回過頭來，向我微笑，向我打招呼，然後和我擁抱。看來他凡事皆有「事隔十秒」的習慣。

往酒店途上，我說的每句話，他都隔十秒才回應。我打趣拿出手機計時，發現每次間隔皆為整齊的十秒，刀切一樣準確。計程車到達酒店，司機向十秒人收錢，他完全沒有反應，我便搶出鈔票付了，下了車，十秒人還留在車廂裏找荷包，司機以為十秒人作弄他，丟了一句髒話，踢他出去，計程車起動時噴得他一臉黑煙，他當然是在十秒後才懂得伸手往臉上撥。

安頓好了，我帶十秒人到超級市場買點吃的。他漸漸勾勒出快城的印象，快城太小了，馬路很狹窄，天空也特別矮，人流密集得過分，生活於此，就像處於沙漏的腰子上。我聽了覺得好笑。想出這個比喻，大概也花了他十秒吧！

「連超級市場也特別狹仄！」這是他艱難地離開超市後拋下的結論。剛才他站在一旁看我挑零食。後面的胖女人禮貌地請他讓一讓，可憐的十秒人沒有馬上回應。胖女人不得已轉過臉去，罵道：「以為自己吃玻璃嗎？」十秒人終於欠一欠身，擺一擺手，彎一彎腰，示意請過，但眼前除我以外，什麼人都沒有，他懊惱的樣子像極一頭燒豬。類似的事情接連發生，通道只容一人站立，十秒人經常擋住後來者，人們都以為十秒人蓄意鬧惡作劇，對他投以怨毒的目光，刺傷了旁邊的我，我好像不應該帶他來……

我問十秒人，在這十秒停頓間，你到底在想什麼呢？他說，這十秒是真正屬於自己的私人時間。我說，快城每個人都想擁有更多私人時間呢！他抬頭說，快城的雲流得真快。我看着流雲被金色的月光照穿，忽爾雲去無蹤，明月高掛，一會兒又有雲遮住了月，才意識到一切真的很快。我說，大概因為快城近海，海風大吧！他謂十秒城不曾有過這番景色，雲都像呆子一樣靜謐不動。呆子一詞出於十秒人之口，饒有趣味。

十秒人離開快城後，我試着學習他的生活方式，凡事皆隔十秒才反應，看看能否如他所說，可以有更多私人時間。只是這樣生活非常困難，我早上乘的列車到站開門了，我想待十秒後才步入車廂，但只是八秒光景，列車門已關上，我無法上車，結果我遲到了，遭上司痛罵。我試着變通一下，步入車廂後，花十秒發呆，但感覺跟從前沒有分別，私人時間沒有增多，一天依舊只有侷促的二十四小時，世界急速向前奔跑，十秒人始終是十秒人，不明白十秒人的始終是我。

二〇一六年八月五日

收入《第四十三屆青年文學獎文集》、《中學生寫作力練成！：跟着「搣時」寫好文章》

——謝謝游欣妮老師選此篇入集。

跋

於旅行寫給日出

於旅行寫給日出

有光的地方便有世界，而上海的街燈並不亮，人縱使站在燈下，面孔依舊模糊不清。我在幽暗之中怯怯地行走，香港的街燈照得清妳我的前路嗎？異鄉的街道鋪上一層薄薄的霜雪，人就在這種若即若離的惦念中生活。月色在遙遠的溫柔中沉默，星星卻不比香港的多，身在那兒的妳過得好嗎？在復旦光華大道的漆黑之中，我想起……

在那觸手可及的上學期，我為了陪妳到台北旅遊，蹺了一個星期的課。第一個晚上，我們相約在眾生的鼾聲中看日出，像瞞着小友私會的小戀人一樣，分享幽靜的甜蜜。妳的第一個日出，是在機場出發時偶然遇上的，太陽翻過丘陵，驅散紫霞，朦朧的光漸次耀眼，海潮悠悠地起伏閃爍。有人走近去，靠着玻璃呆了，另一個人看着她纖纖的背影，也呆了。二十多歲的人了，這才看第一個日出嗎？我事後輕笑妳的可愛。日出在妳的心田留下了溫度，太陽每天都有，有什麼稀奇的呢？然而就是有一種日常的美。

縱然日常，卻太短暫。

那夜我用枕頭蓋着鬧鐘，淺淺睡過以後，用最輕的腳步走出房間，朋友的鼾聲沒有被打斷，空調依舊低低地搖。我早了半個小時出來，問酒店的接待員哪兒可以看日出，他不知道，說附近的大廈天台都是封起來的。我跑出大街，這不是有個最好的地方嗎？便回到妳的門前等妳。妳穿着藍色的漁人外套走近我的跟前，黑色的鬆身褲吐露安靜的線條，妳說妳不能入睡，因為心頭小小的湧動。

我們走進大街，夜的寒氣不亞於寂靜無聲的顫抖，走着走着，妳問：「我們在哪兒看日出呢？」

「在前面的停車場好嗎？」我說。

那時我們剛剛認識，只是在旅行前、我回香港一趟時約會過一次。雖然我們上同一間教會都許久了，卻從未交集。自我到上海以後，我們沒來由地有了聯絡，投契的節奏在無聲的交往中航行，我們竟成了最親密的網友。妳的香氣靜靜潛入清晨，停車場安靜地守護着我們的私語，每一輛車都是好奇的貓，解釋我們互相依偎的眼光。我們不問方向的時候，妳說着妳難忘的生日，我分享我喜歡的歌曲，靜靜等待優柔的日出。我故意挑選與心底話相合的歌，偷偷瞄妳的反應，又怕妳會摘下耳機，當聽見歌曲的雜音時，妳的竊笑便教我放下心來。流雲的末梢染上澄黃，我們這才意識到，眼前的高樓把日出擋住了，事情總是不似預期。「我想一起過陰天雨天和晴天」，歌曲播到此處，妳指着天空說：「看！有隻蒼蠅！」我笑了：「那是飛機啊！」星辰的隱退拉起東方的魚肚白，我們都認為看不見的日出亦不遜色，因為有光的地方便有我們的世界。

回程的時候，妳踩在一個小水窪上滑了一滑，我還未來得及扶妳時妳已立好。妳的微笑永遠是每一個困難的小鑰匙，直至我們承諾永不分離，日出便是我們這趟旅程的開始。異鄉的寂寞總是熬人，面對眼前那些早已入睡的窗戶，案上的燈便閃起落泊的黃。因為時間的熾熱，我們有時會失去走下去的信心，步伐尚未協調一致之時，我已累了，妳又何嘗不是。妳的落寞定然比我更甚，甚至已經成為一種習慣，但我依然堅信，我仍可牽起此刻未能牽起的手，用雙眼尋找明天的光源，因為相愛，便能堅持不懈地走下去，走下去。縱使燈光多麼微弱，有光的地方便有世界，距離便不復是距離。

二〇一四年三月八日上海

二〇一四年七月刊於《香港文學》第三五五期

本創文學 81

歌詞女孩的寂寞便條

作　　者：余龍傑
責任編輯：黎漢傑
特約校對：鄭淑榕、馮曉彤
編輯助理：陳樂兒、葉梓欣
封面設計：黃子晴
内文排版：多　馬
法律顧問：陳煦堂　律師

出　　版：初文出版社有限公司
電郵：manuscriptpublish@gmail.com

印　　刷：陽光印刷製本廠

發　　行：香港聯合書刊物流有限公司
香港新界荃灣德士古道 220-248 號
荃灣工業中心 16 樓
電話 (852) 2150-2100　傳真 (852) 2407-3062

臺灣總經銷：貿騰發賣股份有限公司
電話：886-2-82275988　傳真：886-2-82275989
網址：www.namode.com

新加坡總經銷：新文潮出版社私人有限公司
地址：71 Geylang Lorong 23, WPS618 (Level 6), Singapore 388386
電話：(+65) 8896 1946　電郵：contact@trendlitstore.com

版　　次：2023 年 10 月初版
國際書號：978-988-76891-1-9
定　　價：港幣 78 元　新臺幣 280 元

Published and printed in Hong Kong

香港藝術發展局
Hong Kong Arts Development Council 資助

香港藝術發展局全力支持藝術表達自由，
本計劃內容並不反映本局意見。